BERNARDO ESQUINCA

LOS NIÑOS DE PAJA

Avenida Patriotismo 165,
Colonia Escandón II Sección,
Alcaldía Miguel Hidalgo,
Ciudad de México,
C.P. 11800
RFC: AED140909BPA

www.almadia.com.mx
www.facebook.com/editorialalmadía
@Almadía_Edit

Primera edición en Editorial Almadía S.C.: julio de 2008
Primera reimpresión: enero de 2010
Segunda reimpresión: febrero de 2013
Tercera reimpresión: marzo de 2014
Primera edición en Almadía Ediciones S.A.P.I. de C.V.: marzo de 2016
Primera reimpresión: agosto de 2018
Segunda edición: agosto de 2019

ISBN: 978-607-8667-13-0

Impreso y hecho en México.

BERNARDO
ESQUINCA
LOS NIÑOS
DE PAJA

DE NUEVO
Almadía

La vida secreta de los insectos

Dos noticias: *1)* Hoy voy a hablar con mi esposa, tras dos años de no hacerlo. *2)* Mi esposa está muerta. Falleció hace dos años, en extrañas circunstancias.

Es mi día de descanso y "la cita" es hasta la noche, así que aprovecharé el tiempo para estar en la playa. A Lucía le encantaba el mar. No se metía a nadar, le tenía mucho respeto. Pero daba largas caminatas por la orilla y disfrutaba dejando que las olas le lamieran los pies descalzos. Curiosamente, en una ocasión me dijo que cuando muriera, el último lugar al que le gustaría que arrojaran sus cenizas sería el mar. "Una noche soñé que me moría y lo único que hacía era nadar y nadar en la oscuridad del fondo del océano, como un pez ciego". No le puse mucha atención en ese momento –nadie toma con seriedad a una persona sana cuando habla de su muerte–, pero ahora lo recuerdo mientras meto unas latas de cerveza en la hielera y tomo un libro para tumbarme a leer bajo el sol.

Soy entomólogo forense. Me dedico a estudiar los insectos que invaden cadáveres y que proporcionan pistas para atrapar asesinos. A los bichos les gusta dejar sus huevos en el rostro, los ojos o la nariz de las víctimas. La clave es relacionar los ciclos biológicos de los insectos con las etapas de descomposición del cuerpo, lo que permite aproximarse al momento en que ocurrió la muerte. Funcionan, en pocas palabras, como un reloj. Incluso se puede determinar si el cadáver fue trasladado de un lugar a otro. A los insectos también les gusta alimentarse de la carne putrefacta. Algunos de ellos son moscas, escarabajos, arañas, hormigas, avispas y ciempiés. Y son voraces: los restos de un adulto humano expuestos al aire libre pueden ser devorados rápidamente. Los entomólogos llamamos a la fauna necrófila "escuadrones de la muerte".

Mi caso más famoso hasta ahora es el siguiente: una familia se muda de casa. A los dos meses, descubren y reportan el cadáver de un niño asesinado en el sótano. La policía los señala como los principales sospechosos. Sin embargo, al analizar los insectos que habían colonizado el cadáver, pude determinar que el crimen había sido cometido antes de que dichas personas se trasladaran a vivir a esa residencia. Entonces se acusó a los anteriores inquilinos –una pareja de ancianos, que resultaron ser los abuelos del niño–, auténticos perpetradores del asesinato. Una familia entera salvó el pellejo gracias a un puñado de ácaros.

Hace seis meses, mi amigo Leonardo me dijo que conocía a un médium. Me aseguró que no era un estafador y que podía comunicarme con mi esposa. Lo escuché con respeto, pero me negué: pertenezco al mundo de la ciencia, al mundo racional. Además, he visto suficientes atrocidades y cuerpos vejados de maneras insospechadas, como para creer que existe un dios y, mucho menos, un *más allá*. El mal campea por todos lados y no hay nada que sea capaz de detenerlo. Mejor que no exista vida después de la muerte, porque es muy probable que el mal continúe reinando allí. Él insistió: "Nada pierdes con intentarlo. Y si funciona, resolverás las dudas que te atormentan. Yo te pago la sesión". No consiguió convencerme. Fue hasta hace tres meses, cuando decidí tomar en mis manos el caso de Lucía, que comencé a pensar seriamente en esa posibilidad.

El olor de los gases que se desprenden de un cadáver es lo que atrae a los primeros insectos. Pueden percibirlo mucho antes que el olfato humano. A veces, incluso invaden a una persona durante la agonía. Los huevos que depositan ciertos insectos tienen un corto periodo embrionario y eclosionan al mismo tiempo, lo que da como resultado una masa de larvas que se mueve como un ser extraterrestre por el cuerpo. Las larvas son blancas y se introducen inmediatamente en el tejido subcutáneo. Lo licuan gracias a ciertas bacterias y enzimas y se alimentan por succión continuamente. Conforme pasa el tiempo y si el cadáver permanece sin ser encontrado –a los seis meses, por ejemplo–, aparecen otros bichos que pueden dejarlo completamente seco. Todo es aprovechado: pelo, piel, uñas. A veces los forenses encontramos solamente huesos.

Dije antes que mi esposa murió en extrañas circunstancias. Su cuerpo apareció en un bosque que está a una hora de este puerto. El día anterior, por la noche, la había dejado en el aeropuerto, ya que visitaría a su madre en la capital. Hacia la madrugada, cuando estaba dormido, Lucía regresó a la casa diciendo que su vuelo se había cancelado debido al clima y que más tarde volvería al aeropuerto para tomar otro avión. La escuché hablar entre sueños. Se metió en la cama y se recostó en mi pecho, como era su costumbre. Cuando desperté, ya no estaba: supuse que no había querido molestarme y que se había marchado en taxi. Pocas horas después, al ser informado del terrible hallazgo, tomé la decisión de no ser yo quien atendiera el caso. Mi superior lo entendió y mandó traer a Alejandro, un alumno suyo de la Facultad de Medicina. No quise saber absolutamente ningún detalle. Lucía estaba muerta. Había sido asesinada. Bastaba con eso.

Nadie sabe a ciencia cierta de dónde vienen los insectos. Algunos estudios afirman que su origen está en los miriápodos, animales de numerosas patas y con tráqueas respiratorias. Otros especulan que en los crustáceos. Lo cierto es que en el periodo Devónico, hace cuatrocientos millones de años, ya existían insectos terrestres en las zonas pantanosas más cálidas y húmedas. Y en el Carbonífero inferior, hace unos trescientos cincuenta millones de años, experimentaron su primera explosión evolutiva al aparecer las alas y la posibilidad de volar. Los más persistentes y evolucionados de todos ellos son, por supuesto, las cucarachas. Curiosamente, nunca he visto una cucaracha rondando un cadáver.

Como el asesino de mi esposa no ha sido encontrado, decidí revisar el caso. Analicé las pruebas recogidas por Alejandro y encontré varios errores graves. Entre ellos, uno que me dejó desconcertado: un fallo en el cálculo de la hora de la muerte. Lucía fue encontrada en el bosque a las nueve de la mañana por un grupo de campistas. Alejandro determinó que para entonces llevaba una hora muerta. Mis análisis indicaban que llevaba por lo menos seis horas fallecida. Es decir, había muerto en la madrugada, cuando se suponía que estaba en mis brazos, dormida. Y como yo no tenía conciencia exacta de la hora en que Lucía se había marchado de la casa aquella noche, el asunto se volvía bastante confuso. Leonardo tenía una teoría: ella ya estaba muerta cuando me "visitó" en la cama. "Es algo que suelen hacer los muertos", me dijo. "Acuden a despedirse de sus seres queridos". Desquiciado por todo el asunto, terminé cediendo a la idea del médium. Tuvimos una cita hace dos días. Le llevé las pertenencias de Lucía que me había pedido: ropa, objetos, fotografías. Luego me dio una fecha y una hora exacta: hoy a las nueve de la noche. "Ella te llamará por teléfono", dijo en tono solemne.

Tengo un sueño recurrente con Lucía. Primero, veo los insectos que devoran secretamente su cuerpo. Llego a la escena del crimen y me doy cuenta de que sigue viva e intento quitárselos, pero es imposible: son demasiados. Ella me reclama: "Tú los trajiste a mí". Después ya no puede hablar porque comienzan a salirle por la boca. Es entonces cuando le cierro los ojos y me despierto.

Faltan unos segundos para las nueve de la noche. No he comido nada en todo el día: no tengo hambre. Estoy acostado en la cama. El teléfono reposa sobre la mesilla de noche. Miro el techo y me doy cuenta de que está agrietado y descascarado: le hace falta una buena mano de pintura. Descubro una telaraña en una esquina. Algunos insectos muertos están atrapados en ella. De pronto, uno de ellos tiembla: está vivo y lucha por liberarse.

Justo en ese momento suena el teléfono.

Una…

Dos…

Tres…

Cuatro…

Cinco veces…
Descuelgo.
Escucho el sonido del mar.

La señora Ballard es la señora Ballard

Unas bragas manchadas de sangre yacen al lado de la piscina. Son la seis de la mañana y muy pronto el encargado de limpiar el agua con cloro y recoger los insectos ahogados se topará con esta evidencia. Pero, ¿evidencia de qué?, piensa J. G. Hace tres días fue contratado para seguir a la señora Ballard a este hotel de cinco estrellas, situado a orillas de un lago cercano a la ciudad. La ha vigilado atentamente, ha tomando notas y fotografías, y ha registrado sus reflexiones en una pequeña grabadora, pero aún no sabe qué es exactamente lo que vino a hacer a este lugar. Y todo resulta confuso: por ejemplo, aunque las bragas ensangrentadas fueron lanzadas desde el balcón de la señora Ballard hace cinco minutos, no puede afirmar que pertenezcan a ella.

La señora Ballard proyecta su cuerpo en el aire, enfundada en un traje de baño rojo de una sola pieza, y durante varios segundos queda completamente suspendida en el aire, congelada, una fotografía perfecta que J. G. no toma con la cámara sino con sus ojos, que tan bien han memorizado su anatomía. Cuando el tiempo vuelve a correr, ella ha desaparecido en el fondo de la piscina. J. G. la puede imaginar moviéndose como una anguila hasta el centro de la alberca, donde finalmente emerge para seguir avanzando con poderosas brazadas, partiendo las aguas con el cuchillo afilado de su cuerpo. La señora Ballard es una notable nadadora, lo que lleva a J. G. a recordar una conversación sostenida en un antro con un tipo promiscuo al que tenía que espiar por órdenes de su atribulada esposa: "Una mujer que sabe bailar", le dijo, mientras observaba el contoneo de las caderas en la pista, "también sabe moverse en la cama". J. G. supone que eso puede aplicarse igualmente a las que, como la señora Ballard, nadan con gracia y contundencia al mismo tiempo.

"Curiosa metáfora", piensa J. G., "porque en el sexo la palabra clave es *ahogarse*".

"No nos gusta pensarlo, pero lo extraño se encuentra siempre muy cerca de nosotros". J. G. halla esta frase en el libro que finge leer mientras en realidad observa a la señora Ballard, quien se toma un coctel azul en la barra. El bar del hotel está envuelto en una penumbra roja y el resto del mobiliario son reservados circulares y mullidos, al estilo de los años cincuenta. Está sola, como aparentemente ha estado desde que llegó a este lugar. Lleva puesto un vestido negro que deja al descubierto sus piernas torneadas. Se ha peinado el cabello corto con goma. Es una mujer madura y atractiva, bien conservada, que seguramente tiene más años de los que aparenta. Conversa con el cantinero sobre algo que J. G. no alcanza a escuchar bien y que tiene que ver con tiburones blancos. Un documental que vio en la televisión por cable del hotel. J. G. aguza el oído y atrapa lo siguiente: nadie ha podido filmar a un tiburón blanco copulando, lo más cercano ha sido ese documental donde, después de una orgía de comida en la que una docena de escualos engulle a una ballena muerta, aquéllos entran en un estado somnoliento y extático y comienzan a rozarse con las hembras. Incluso hay una toma del sexo erecto de un tiburón blanco. Es enorme, explica la señora Ballard al cantinero, quien parece entretenido con la conversación. Después llega un ruidoso grupo de turistas extranjeros y J. G. ya no puede seguir sus palabras. Entonces se concentra en los gestos: la señora Ballard muerde la cereza de su coctel con una melancolía insoportable.

El señor Ballard solicitó los servicios de J. G. por teléfono. Fue muy escueto: debía vigilar a su esposa los días que se hospedara en este hotel y pasarle un reporte pormenorizado de sus actividades. En un principio supuso que era el típico caso de infidelidad, pero conforme han pasado los días, J. G. no tiene pruebas concretas al respecto. La señora Ballard ha estado con *alguien* en su habitación, pero no ha visto a nadie entrar ni salir de ella. Lo sabe –apenas ahora– gracias a las bragas ensangrentadas que cayeron la otra noche desde su balcón: estaban manchadas de sangre sin coagular y mucosa; es decir, sangre menstrual. Y la señora Ballard, le confirmó su marido hace un momento por teléfono, es menopáusica desde hace dos años.

El mesero le sirve a la señora Ballard un bistec sangrante, acompañado de una abundante ración de papas a la francesa y ensalada. Ella se come todo y después pide un pastel de chocolate. Verla comer con tan buen diente le hace recordar a J. G. un artículo que leyó recientemente en una revista. El autor afirmaba que si una persona tiene gusto por la comida, entonces tiene también gusto por el sexo. Por consiguiente, agregaba, había que desconfiar de las personas con escaso apetito. Ahora, la señora Ballard pide un digestivo. Dentro de quince minutos, lo sabe J. G., subirá a dormir la siesta.

J. G. imagina a la señora Ballard respirando con dificultad, perturbada por sueños extraños. No son pesadillas en realidad, sino imágenes que cambian rápido, como si su mente fuera un televisor en constante rotación de canales. Cada imagen es el fragmento de un cuerpo desnudo, un rompecabezas imposible de armar: bocas abiertas, ingles húmedas, sexos incrustados en sexos. En algún momento la señora Ballard se percata de que lo que está mirando son instantáneas de todos los cuartos de este hotel.

Es de madrugada. La señora Ballard apagó la luz de su habitación hace una hora, pero J. G. no puede dormir. Enciende la televisión y comienza a recorrer los canales mecánicamente. Se topa con una película pornográfica. La acción transcurre en una lavandería. Las máquinas son inusualmente grandes. Un hombre moreno y una mujer rubia fornican sobre un montón de ropa sucia. Ella está bocabajo y su rostro se restriega contra una sábana. Su lengua lame la tela manchada.

La señora Ballard gasta su tiempo nadando en la piscina –incluso hasta dos veces al día–, leyendo y asoleándose en las tumbonas, recibiendo masajes en el gimnasio, dando largas caminatas por la ribera del lago y conversando con el cantinero mientras éste le prepara cocteles. Nada sospechoso. J. G. sabe que su siguiente paso debe ser arriesgado. Ha decidido entrar a su cuarto.

"¿Qué encontraré en su habitación?", se pregunta J. G. mientras espera a que le sirvan el desayuno en el restaurante. Se concentrará, por supuesto, en su cama, en las sábanas. ¿Qué detritus aguardan ahí? También revisará el baño, el bote de basura. Y la ropa. Cualquier huella que lo conduzca a descifrar el complicado acertijo de su intimidad.

Hace unos minutos, en uno de los largos pasillos del hotel, J. G. se cruzó con una recamarera que llamó su atención: era muy parecida a la chica del filme porno, sólo que con el cabello negro. Intrigado, la siguió y se olvidó de tomar las precauciones habituales. Ella pareció sospechar algo, dobló por un pasillo lateral y desapareció tras una puerta que decía SÓLO PERSONAL AUTORIZADO. J. G. intentó girar la perilla pero estaba cerrada por dentro. Un hombre que arrastraba un carrito con platos y restos de comida se le quedó mirando fijamente.

La señora Ballard dejó el hotel esta mañana, muy temprano, mientras J. G. se quitaba las lagañas. Desde el balcón de su habitación la vio atravesar el patio central escoltada por un botones que arrastraba su maleta. J. G. se dirigió entonces a su cuarto con la intención de registrarlo, pero una recamarera madrugadora se le había adelantado y lo limpiaba.

"Ahora sólo me queda una cosa por hacer en este hotel", piensa J. G.

Son las cuatro de la mañana. J. G. se escurre sin contratiempos hasta la puerta por donde desapareció la recamarera el otro día. Como era de esperarse, está cerrada con llave, pero viene preparado con una ganzúa. Batalla un poco; después de unos minutos, la chapa cede. Una luz parpadeante lo guía por un angosto pasillo. Escucha voces al fondo; se aproxima con cautela. Llega ante unas puertas batientes. Se asoma por una de sus ventanas circulares. Es la lavandería. Ve a una elegante mujer de pelo cano junto a una joven vestida con el uniforme de limpieza. La muchacha está en cuclillas sobre un recipiente, con la falda recogida hasta las ingles y las bragas en los tobillos. De pronto, un brazo le rodea el cuello por detrás a J. G. y comienza a apretarlo con fuerza, asfixiándolo. La joven nota el forcejeo y se lleva una mano a la boca, ahogando un grito. Antes de desvanecerse, J. G. se da cuenta de que los dedos de la muchacha están manchados con sangre.

Mientras sigan volando los aviones

Esa noche, Gabriel Galván no soñó con aviones que caían. Despertó empapado en sudor y con una certeza: el cataclismo estaba por ocurrir. De inmediato pensó en Lydia, la aeromoza pelirroja y de senos puntiagudos que habitaba sus fantasías. Se levantó del catre, fue al lavabo y mojó su rostro con agua fría. Después, mientras se ponía su desgastada gabardina *beige*, miró por última vez la pared que había cubierto con recortes de periódicos: el testimonio de que su labor había sido cumplida durante los últimos diez años. Dirigió también su mirada hacia el armario: nunca lo había abierto, nunca conocería el contenido dejado ahí dentro por su antecesor. Abrió la puerta y contempló brevemente el horizonte: siempre le había parecido que los amaneceres en la Ciudad de México eran como partos lentos y dolorosos, en los que el sol nacía muerto. Se escurrió entre los tendederos cargados de ropa hasta el borde de la azotea. Ahí le aguardaba su posesión más preciada: un pequeño telescopio que había robado de una feria de ciencia, cuando trabajaba como velador en el museo del Chopo. A través del lente, observó el aeropuerto Benito Juárez. Los aviones aterrizaban y despegaban en medio de la inmensa urbe, casi con pereza, ajenos a la tragedia que se avecinaba. Regresó al cuartucho y extrajo de debajo del catre una caja de zapatos vacía. Dentro metería lo que había preparado para cuando este momento llegara. Sabía perfectamente lo que tenía que hacer y lo que sucedería. Lo había soñado infinidad de veces: los policías confundiendo sus acciones para que un pequeño sacrificio restaurara el frágil equilibrio entre el cielo y la tierra. Además, Lydia estaría a salvo.

Mariano Ruiz observó la fotografía: el sujeto en realidad no parecía peligroso, más bien tenía pinta de acosador de mujeres en el metro, de ésos que necesitan el anonimato de la masa para cometer actos sin trascendencia, como excitarse mirando de cerca unos pezones erectos por el frío de la mañana o frotarse entre empujones contra el culo de una mujer; quizá eyacular en silencio. Sin embargo, el departamento de seguridad del aeropuerto –basado en alarmantes reportes– creía que estaba preparando un atentado. Su misión era seguirlo y, en caso de comprobar la sospecha, eliminarlo silenciosamente: nadie echaría de menos a un lunático que, según el informe que le habían proporcionado, era un desempleado que vivía en un cuarto de azotea en la colonia Balbuena, sin amigos cercanos ni parientes conocidos. Se sirvió en un vaso dos dedos de Passport que bebió de un solo trago, colocó su pistola en la sobaquera y se puso su gabardina *beige*. El parecido de los atuendos lo hizo sonreír. ¿Las cosas ocurrían por casualidad o porque había una suerte determinada? Hizo a un lado ese pensamiento y salió a la calle, donde una llovizna mugrienta empezaba a caer en la colonia Doctores. "¿De dónde vendrá esta lluvia?", se preguntó, porque él estaba convencido de que la Ciudad de México era la ciudad sin cielo.

Lydia se miró en el espejo del baño y comprobó que el uniforme azul estuviera bien acomodado en su cuerpo: desabrochó un botón en medio de sus pechos y alisó la falda en torno a sus caderas. Removió el interior de su bolsa en busca del lápiz labial y se topó con la pequeña libreta de color negro. Hacía tiempo que no pensaba en ella y en su misterioso dueño: ese pasajero habitual de la aerolínea, tímido, con el que apenas había intercambiado unas cuantas palabras, pero del que sabía muchas cosas gracias a ese diario que había olvidado en el asiento. Ahora lo llevaba en su bolsa para devolvérselo la próxima vez que lo viera. Ese cuaderno contenía los registros de una mente extraña. Su dueño soñaba todas las noches con aviones que caían sobre la ciudad. Cada accidente estaba descrito con detalle, incluyendo el número de pasajeros y las mutilaciones que sufría cada cuerpo. Pero lo más curioso es que el pasajero estaba convencido –lo dejaba claro al final de cada relato– de que sus sueños evitaban que ocurrieran auténticos accidentes. Se consideraba una especie de guardián cuya actividad onírica propiciaba un balance entre "las criaturas del aire y las criaturas de la tierra", obligadas a convivir "en esta ciudad condenada al cataclismo por tener un aeropuerto en sus entrañas". Parte de su "labor" consistía en viajar continuamente y sentir de cerca "la música de los aviones, que es la música de la paranoia". Sintió un escalofrío al recordar el contenido de aquel siniestro diario, y deseó encontrarse pronto con el hombre. Esas ensoñaciones ajenas empezaban a incomodarla.

Mientras subía las escaleras hacia la azotea del edificio, un recuerdo bloqueado en su memoria comenzó a emerger. Mariano sentía una familiaridad con Gabriel Galván y eso no se debía solamente a que utilizaban gabardinas parecidas. Lo había visto antes, pero, ¿dónde? Recorrió los últimos escalones esquivando bolsas de basura y, una vez afuera, se dirigió a la puerta marcada con el número 7. Arriba, el cielo era una lápida gris e impersonal, una fosa común en donde se perdían los aviones salidos del aeropuerto. Una patada bastó para introducirse en el cuartucho. Sabía que Galván no se encontraba dentro: se lo había confirmado el conserje. Olía a humedad y a químicos, como un antiguo cuarto de revelado fotográfico. Corrió la cortina de la única ventana para permitir que entrara la luz del día. Un catre, un escritorio de madera y un armario cerrado con candado componían el mobiliario. En uno de los cajones del escritorio encontró un puñado de tarjetas de crédito robadas. Se acercó a la pared cubierta con recortes de periódicos. Se trataba de noticias que reseñaban percances aéreos menores ocurridos en el aeropuerto Benito Juárez: aterrizajes forzosos, salidas de pista, turbinas incendiadas... Mariano se estremeció al ver uno de los recortes: reseñaba un incidente en el que había sido pasajero. Cuatro años atrás, cuando regresaba a la ciudad después de eliminar a un indeseable en Tijuana, dos de los motores del avión se apagaron y el aterrizaje se llevó a cabo entre violentas sacudidas. No hubo mayores daños. Mariano se pasó una mano por la frente, como intentando borrar aquella imagen, y salió a la azotea. En una esquina encontró una pequeña barra de metal. Regresó al cuarto y la utilizó para reventar el candado. Dentro del armario había distintos químicos con los que se podían fabricar bombas caseras. En ese momento, más detalles del incidente del avión volvieron con toda claridad a su cabeza. Pánico generalizado. Mujeres rezando y niños llorando. Él sudaba. El hombre que estaba a su lado le apretó el brazo y le dijo con una extraña calma: "No se preocupe, no pasará nada. Anoche soñé con aviones que caían". Era Gabriel Galván.

Lydia arrastraba su maleta en medio del ajetreo habitual del aeropuerto. Gente caminando apresurada en todas direcciones, conversaciones nerviosas, ruido en los altavoces. Una música que parecía más parte del caos que del progreso. "¿Qué sostendrá a los aviones en el aire?", se sorprendió reflexionando. Y entonces lo vio, caminando hacia ella, con una caja de zapatos en la mano.

En la mesa había un diario recién estrenado. La única anotación era de ese día. "Todo se resuelve hoy. Si tengo éxito, mi labor habrá concluido y otro me sustituirá. Otro que olvidará su nombre y su pasado. Así es como funciona esta misión". Mariano sintió un latigazo de adrenalina, tomó su celular y se comunicó con los hombres de seguridad del aeropuerto. "El sujeto de la gabardina *beige* lleva una bomba. Ustedes saben quién es. Mátenlo".

Lydia se detuvo y comenzó a buscar la libreta negra en su bolsa. Estaba nerviosa. No la encontraba y el hombre estaba casi frente a ella. De pronto, escuchó una serie de gritos. Lo que ocurrió a continuación lo observó en cámara lenta: dos agentes de seguridad sacaron sus armas y dispararon. El hombre hizo una mueca de dolor y soltó la caja. Ésta se abrió y de su interior se desprendió una suave lluvia de confeti rojo que le acarició las mejillas.

Mariano observaba el aeropuerto con el telescopio. Ni un solo avión se movía. Hacía unos minutos se había comunicado con él un agente de seguridad. "Blanco eliminado. No encontramos la bomba. El aeropuerto será cerrado el resto del día mientras investigamos". Levantó la vista: nada perturbaba el cielo. Antes de abandonar la azotea, en un gesto mecánico, dejó su gabardina sobre el catre.

Esa noche comenzaría a soñar con aviones.

El corazón marino

Sé que ellos vendrán esta noche.

Me mudé al suburbio hace seis meses, tras solicitar un año sabático en la universidad donde doy clases de psicología y de historia del arte. Quería alejarme de la ciudad y, sobre todo, del campus donde mi ex esposa da la cátedra de psiquiatría. Topármela en los pasillos se había vuelto intolerable.

Nuestras diferencias comenzaron hace dos años, cuando me embarqué en el proyecto de mi tesis de doctorado. En él propongo la utilización de talleres de pintura como parte del tratamiento para enfermos mentales y abogo por la capacidad curativa del proceso creativo. Mi esposa nunca estuvo de acuerdo. Me tachó de irresponsable por sugerir algo que, según ella, tenía que ver más con el romanticismo que con la medicina. Se dedicó a rebatirme, tanto en las acaloradas discusiones que sosteníamos en casa como en las páginas de las publicaciones universitarias en las que ambos colaboramos. Mi matrimonio terminó por desmoronarse y, en cambio, creció la obsesión por probar mi teoría.

Ningún hospital psiquiátrico privado se interesó en el concurso de pintura que deseaba llevar a cabo entre internos, pero el manicomio público aceptó mi propuesta. Los resultados fueron deslumbrantes: trazos intensos, colores delirantes, figuras que se movían entre el mundo de la razón y la pesadilla; pero, sobre todo, un conjunto de pinturas vivas, entrañables.

Una exposición con todos los trabajos participantes se montó en las paredes de la institución. Los pacientes estaban contentos, no dejaban de estrecharme la mano y darme palmadas torpes en la espalda. Destacaba el cuadro ganador: una estrella de mar sobre el césped recién cortado de una casa en cuya fachada cuelga un letrero de SE VENDE. La imagen resultó de algún modo profética: meses después, el manicomio cerró por falta de recursos. Fui a despedirme de los pacientes en su último día: me miraban con rencor, como si me culparan por su felicidad perdida. El director respondió con vaguedades cuando le pregunté sobre el destino de todos ellos.

El cierre coincidió con la autorización de mi sabático. En el periódico encontré una casa en renta, muy cerca del sanatorio clausurado. La alquilé de inmediato. Me dediqué a leer y a terminar la tesis. Algunas veces me paseaba por las inmediaciones del manicomio, quizá esperando encontrarme a algún antiguo paciente que lo rondara, pero ahí sólo estaban las puertas y ventanas tapiadas; recordatorios de mi truncado experimento.

Entonces apareció el hombre de la podadora. Mis vecinos no me habían interesado hasta que, hace un par de semanas, mientras impermeabilizaba el techo anticipándome a las lluvias, vi a un sujeto cortando el césped de su jardín trasero. Al principio no le presté mucha atención, pero de pronto noté que confeccionaba una figura semejante a las formas que aparecen de manera misteriosa en los sembradíos, llamadas *crop circles*.

Esperé pacientemente a que terminara y surgió la revelación: era una estrella ancha y de cinco picos, muy parecida a la del cuadro del sanatorio. Un sentimiento sombrío se apoderó de mí y entendí que debía buscar en mi archivero las fotografías del resto de las pinturas: todas contenían la figura de la estrella, camuflada en la mayoría de los casos.

En los días siguientes, las señales se fueron extendiendo en el vecindario: actos de vandalismo, apagones, grafitis extraños y lo más perturbador: un tendedero improvisado en un cable de luz del que colgaban camisas de fuerza.

Hoy por la mañana, frente a mi puerta, en medio de un charco de agua y arena, apareció la estrella. La puse en mi mano: palpitaba como un corazón marino. ¿Qué senderos se abren, qué conexiones se establecen, qué fuerzas se desatan cuando se logra estimular los sótanos más oscuros de la mente humana? Pronto lo sabré; he esperado durante horas debajo de la mesa de la cocina. Me alegro de ponerle punto final a mi experimento.

Golpean la puerta. Estalla el cristal de una ventana.

Pabellón 27

–Pon la mano en la flama.

Los ojos de Aurora me acechan en la penumbra. A través de la ventana veo los relámpagos que iluminan las azoteas cercanas. El agua y el viento golpean el cristal en ráfagas. Parece como si los pájaros se estrellaran en un intento por guarecerse de la tormenta. El apagón trajo un silencio repentino en los pabellones del Hospital General. Los enfermos tienen miedo de quejarse en la oscuridad. Lo sé porque me lo dijo un tuberculoso: "Eso atrae a la muerte. Los gemidos la guían, el silencio la desconcierta". Un trueno me hace brincar de la silla. Estoy acostumbrado a las supersticiones de los moribundos; lo que me tiene intranquilo es otra cosa, que estoy seguro ocurrirá en cualquier momento.

–Anda, mete la mano en el fuego.

Como no obedezco, Aurora coloca su propia mano sobre la vela. La mantiene ahí, mirándome con malicia. No lo quise hacer porque me parece absurdo. Ninguno de los dos tenemos sensibilidad en la piel porque estamos infectados. Miro el calendario: 15 de noviembre de 1938. Hoy se llevaron a todos los hombres al Lazareto Militar de Tlalpan. Dicen que es un antro en ruinas. Las mujeres correrán con más suerte: en diciembre serán trasladadas al Hogar Esperanza, donde contarán con mejores cuidados, pero eso ya no lo veremos ni Aurora ni yo. Ahora que todo está a punto de terminar, pienso en el día que encontramos el diario de María en el depósito del pabellón 27, cuando realizábamos nuestro internado durante el último año de la carrera de medicina. Nos pidieron revisar un viejo archivero que sería removido; no teníamos idea de lo que íbamos a descubrir.

–Ya estuvo bueno –le digo.

–Déjame –responde Aurora, hipnotizada por la llama–. Siempre quise jugar con fuego y no quemarme.

12 de agosto de 1915

Hoy trajeron a los Inmundos. Cuando llegaron al hospital, partieron las aguas, como Moisés. Todo el mundo se apartó de su camino: médicos, pacientes y el personal de limpieza. Incluso algunas de mis colegas enfermeras huyeron despavoridas. Pero yo no: observé con detenimiento sus llagas purulentas, sus narices hundidas y los ojos ciegos de algunos de ellos. Los instalaron en el pabellón 27. Ahí estarán recluidos y sé que nadie se ocupará de ellos. Excepto yo. El Señor me ha elegido como instrumento para realizar la purificación de estos desgraciados. Alabado sea.

Como era de esperarse, una enorme ampolla se ha formado en la palma de la mano de Aurora. Pero ella, con absoluta tranquilidad, saca del cajón del escritorio una aguja y la revienta.

–Ya ves que sí te quemaste –le digo, desviando la mirada hacia los pájaros invisibles que se estrellan neciamente contra la ventana.

–Quitarse una ampolla sin sentir dolor es privilegio de pocos.

Siempre he estado enamorado de Aurora. De niños, en las reuniones sabatinas en la casa que los abuelos tenían en la calle de Amado Nervo, solíamos apartarnos del resto de los primos para llevar a cabo nuestros propios juegos. A veces nos internábamos en el lote baldío de enfrente para realizar su pasatiempo favorito: quemar muñecas.

Cierto día, estando con los otros primos, surgió el juego "del doctor". Tras observar a Roberto "revisar" a Sara –los más grandes del grupo–, Aurora se levantó y abandonó el cuarto. Salí tras ella.

–No te vayas, seguimos nosotros –le dije, ansioso por mirar y tocar debajo de sus ropas.

–Es una tontería.

–¿Por qué? Parece muy divertido…

–Porque yo sí pienso ser doctora de verdad. Y tú estudiarás conmigo.

–Pero yo quiero ser paleontólogo –protesté–, buscar huesos de dinosaurios…

Aurora se detuvo en medio del pasillo. Un candelabro pendía sobre su cabeza. Una corona extraña para una reina extraña.

–¿No juraste seguirme a donde fuera?

–Sí –respondí, resignado. Y en un tono melodramático, seguramente aprendido en alguna novela de piratas, agregué–: al mismo infierno si hace falta.

21 de septiembre

Los Inmundos son mi rebaño. Los guío y alimento. Les leo la palabra del Señor: "Éste es el rito de purificación del leproso: el enfermo será llevado al sacerdote, el cual saldrá del campamento para reconocerlo. Si comprueba que el leproso está curado de su lepra, mandará traer para el hombre que se va a purificar dos pájaros vivos y puros, madera de cedro, una cinta escarlata e hisopo". Los miro arrastrarse lastimosamente, los escucho hablar con voz afónica; el aire está impregnado con la pestilencia de sus secreciones. Y yo les digo que su martirio acabará pronto, que el Señor abre las puertas del cielo, incluso para los condenados.

Antes de realizar el internado, el doctor Sánchez-Santos, maestro de la facultad y uno de los fundadores del Hospital General, nos llevó a un grupo de sus alumnos a realizar un recorrido por las instalaciones. Así conocimos el pabellón 27. Recuerdo que los leprosos se acercaban y exhibían sus deformidades, retándonos, extendiéndonos sus manos reducidas a muñones para saludar. Pedían dinero, como si se tratara de un pago a cambio del espectáculo. Al salir del hospital, Aurora me dijo, segura de sí misma: "Quiero regresar y trabajar con ellos". Al recibirnos como médicos, Sánchez-Santos nos consiguió empleo en el hospital. Después fue fácil que nos asignaran al pabellón 27: era una tarea que nadie deseaba. Allí trabajamos durante siete años, hasta el día de hoy. Por la mañana despedimos a los pacientes. Aurora no pudo contener las lágrimas.

17 de diciembre

Estoy lista. He logrado reunir en el depósito del pabellón una gran cantidad de alcohol sin que nadie lo haya notado. La evolución de la lepra en todo el rebaño está muy avanzada. Para disimular, he aplicado en ellos los remedios que me dieron los médicos: colorantes, toxoides, vacunas, la Margarita de Jalisco, plualvarina y aceite de chaulmoogra, pero yo sé que de nada sirven. La única cura posible es la purificación que me ordena el Señor. Y ésta se llevará a cabo durante la conmemoración de su nacimiento, el día 25. Ninguno de los Inmundos sentirá dolor y todos resucitarán en la gloria eterna. Así sea.

Tras descubrir el diario, Aurora y yo fuimos a hablar con Sánchez-Santos. Lo citamos en la cantina La Ópera, qu eríamos tratar el tema lejos de los pasillos del hospital. Le contamos de nuestro hallazgo y le enseñamos el diario. El rostro de Sánchez-Santos ensombreció. Le dio un largo trago a su *whisky* y nos contó lo siguiente:

–Cuando el hospital se inauguró, en 1905, no había enfermeras con experiencia disponibles, así que vinieron extranjeras a capacitar a las candidatas. Aceptaban a cualquiera. María aprendió rápido; era práctica y valiente. Nadie sospechó que estaba loca de atar. La sorprendimos cuando trataba de quemar el pabellón de leprosos. Como la enfermedad insensibiliza la piel, según ella, los infelices no sufrirían. Luego supimos que antes había sido monja y que la expulsaron de su orden religiosa.

–¿Y qué fue de ella? –preguntó Aurora, impresionada.

–Lo lógico: acabó en La Castañeda.

La tormenta no cede. Pienso en los moribundos, ahogando sus estertores bajo las sábanas en un intento inútil por burlar a la muerte. Aurora abre uno de los gabinetes de la oficina y extrae un enorme frasco con queroseno. Entonces viene a mi memoria aquella tarde de octubre en el lote baldío, cuando realizábamos uno más de nuestros rituales de convertir muñecas en cenizas. Ese día, algo salió mal y terminamos provocando un incendio. Escapamos como pudimos, abriéndonos paso entre la maleza en llamas; yo prácticamente ileso, pero Aurora tenía el pecho en carne viva. Se había quitado la blusa, que yacía en el suelo, humeante. Observé horrorizado sus incipientes pechos, ahora marcados para siempre. Su convalecencia fue larga y dolorosa. La visitaba a diario. Me di cuenta de que su mirada había cambiado y que nunca volvería a ser la misma.

Un trueno me regresa al presente, al momento en que Aurora se vacía encima el queroseno. Saca de su bata una caja de cerillos y me dice:

–Concluyamos lo que debió terminar aquella tarde en el lote baldío; lo que María no pudo hacer ese 25 de diciembre.

Aurora se prende fuego. Su figura parece crecer y ocupar toda la habitación mientras la devoran las llamas. Permanece impasible unos instantes, mirándome. Después extiende una mano, invitándome a seguirla.

Espantapájaros

La casa de campo colindaba con una granja abandonada.

Todos los veranos, Daniel y sus primos pasaban quince días en la propiedad familiar, entregados a su juego favorito: las escondidas. Podían moverse libremente siempre y cuando no traspasaran los límites impuestos por la cerca de alambre. Había muchos lugares para ocultarse: los lavaderos, la bodega, el taller de carpintería, el estudio del abuelo o cualquier rincón de la vieja casona, incluida la enorme chimenea.

Para Daniel, sin embargo, la tentación de esconderse en la granja era muy grande: ahí nadie lo encontraría. Lo que lo detenía no era el temor al castigo de sus padres, sino las advertencias de Édgar, el mayor de los primos. Nadie debía visitar la granja abandonada porque en ella rondaba el espíritu de su antiguo propietario: un granjero enloquecido que asesinó a su familia con la guadaña para segar el trigo y después se suicidó rebanándose el cuello.

El miedo creció con el testimonio de Álvaro, su primo favorito. Cierta noche de tormenta –le había confesado–, Édgar le mostró al fantasma. Él no quería, pero fue llevado a la fuerza. En medio del sembradío, bajo la luz de los relámpagos, observó la aterradora aparición: se elevaba por encima de las mazorcas, extendiendo los brazos como si quisiera abrazarlo. Los cabellos del granjero parecían serpientes y en el rostro tenía una mueca congelada, a medio camino entre una sonrisa y un grito. Álvaro sólo miró unos segundos antes de dar media vuelta y salir corriendo, pero aquella imagen lo perseguiría en sueños.

En otra ocasión, Santiago, el más listo de los primos, le dijo algo que lo dejó pensativo.

–Édgar tiene pacto con el diablo. Va a la granja a escondidas, a encontrarse con el fantasma.

–¿Me lo juras?

–Por ésta –Santiago besó el pulgar que hacía una cruz con el índice–. Lo he visto escaparse varias veces en la madrugada.

Cuando las vacaciones terminaron, Daniel siguió obsesionado con el tema. En el salón de clases, mientras la maestra hablaba de las hazañas de algún héroe distante e inverosímil, los encuentros de su primo con el espíritu maligno eran cada vez más reales en su imaginación. ¿De qué hablaban?, se preguntaba. ¿Qué misteriosos conocimientos le transmitía desde el mundo de los muertos? Daniel no se atrevía a preguntárselo directamente a Édgar; sabía que obtendría a cambio una lluvia de coscorrones. Pero él quería saber, así que ideó un plan: seguiría a Édgar sin que éste se diera cuenta y espiaría su encuentro con el fantasma del granjero.

El siguiente verano fue como los anteriores: las mamás cocinaban, los papás bebían tequila y jugaban cartas, los primos se peleaban con las primas, y en medio de todo aquello estaba el juego de las escondidas. Cada vez quedaban menos lugares que nadie conociera. "¿Por qué casi siempre ganaba Édgar?", pensó Daniel. ¿De verdad tenía pacto con el fantasma y éste lo escondía en sitios imposibles de encontrar? Eso se acabaría pronto, estaba decidido a descubrir su secreto. Observó con paciencia los movimientos de su primo, hasta que una noche se dio cuenta de que se levantaba de la cama; desde la ventana del cuarto lo vio salir al jardín trasero. Daniel se puso los tenis y fue tras él.

Afuera estaba muy oscuro, pero escuchó el ruido de la cerca al moverse. Cuando llegó ante ella, se percató de que tenía levantada una parte y se deslizó por debajo. Avanzó en dirección a la granja; podía oír los ruidos que hacía Édgar al abrirse paso entre los matorrales.

De pronto, las plantas se cerraron en torno suyo; estaba en medio del sembradío, justo el sitio donde Álvaro había visto al fantasma. Comenzó a moverse con más cautela, mientras su corazón iba más aprisa; Daniel sintió que le salía por la boca, agitándose como el pez que saltó de sus manos una mañana en el río.

El viento nocturno empujó las nubes en el cielo y la luna llena apareció, brillante. Bajo esta inesperada luz,

Daniel detectó algo en el suelo, a unos metros de él: una diadema azul, como la que usaba su prima Lorena. La recogió y siguió caminando entre las plantas. El frío traspasaba su piyama y se le untaba en los huesos. Temblando, separó unas ramas, salió a un pequeño claro y quedó paralizado.

Daniel tenía ante él una visión que no alcanzaba a comprender. Por un lado, estaba el espantapájaros, imponente y silencioso, alzándose sobre sus dominios para impedir que las aves se comieran la cosecha. Había visto otros antes y conocía su función. Lo que no entendía era lo que hacían Édgar y Lorena: ella arrodillada, con el rostro sobre la tierra; él detrás, con los ojos cerrados, jadeante. Quería escapar de ahí, pero al mismo tiempo no podía dejar de mirar.

A un costado de ellos, en la base del tronco que sostenía al espantapájaros, reconoció otros objetos: la pulsera de cuero de su prima Lorenza; la peineta de Sofía; el chaleco que la abuela le tejió a Jimena, la hija de la cocinera; el zapato rojo de su hermana Sandra... Entonces tuvo una intuición sobre lo que debía hacer. Se escondió en los maizales, esperó a que Édgar y Lorena se marcharan, y luego depositó la diadema a los pies del espantapájaros.

Sin saber por qué, Daniel regresó todas las noches de aquel verano a contemplar los objetos que conformaban ese extraño altar.

El dios de la piscina

A pesar de los acontecimientos previos, yo no estaba preparado para ver los cadáveres flotando en la alberca esa mañana. Quince días antes había llegado a Las Hadas, ese complejo de lujosas villas que rodea la bahía, invitado por Alberto, un viejo amigo de la preparatoria que vacacionaba junto a su esposa, sus dos pequeñas hijas y otros cinco matrimonios jóvenes con sus respectivas familias. Él sabía que me encontraba en la etapa de corrección de un nuevo libro y, además, con poco dinero, como siempre desde mi divorcio ocurrido cuatro años atrás. Amablemente me abrió las puertas de uno de los *bungalows*, propiedad de su suegro. La villa donde nos instalamos estaba situada en la parte superior del acantilado y desde ella se podía observar el resto de la urbanización, con las albercas reverberando como espejos en las terrazas soleadas.

En cuanto llegué, entendí que había cometido un error: los chiquillos se pasaban el día chapoteando en la piscina –la playa estaba tan lejos que permanecía como decorado–, produciendo un alboroto que me restaba concentración. Los niños nunca me han gustado y verme forzado a convivir con ellos es algo que me deprime. Pero ahí estaba yo, rodeado de extraños con los que apenas tenía algo de qué platicar. Tampoco quería volver a mi aburrido departamento en la ciudad, así que opté por resignarme y dedicarme a observar el comportamiento de la pequeña burguesía, aquella a la que pertenecí cuando era estudiante y de la que ahora me sentía a años luz de distancia.

Lo primero que me llamó la atención fueron las esposas: todas atractivas y bien conservadas a pesar de los diversos partos, pero sumidas en una languidez que les impedía tomar las riendas de cualquier asunto; todo era derivado a los maridos o las sirvientas, que conformaban un pequeño ejército. Los esposos hacían lo que podían pero, una vez que se pasaba de la cerveza al trago fuerte, todo recaía en las sirvientas, esas educadoras de las nuevas generaciones, junto a los videojuegos e Internet.

Lo que más me interesó fue que detecté un creciente ambiente de tensión entre maridos y esposas, producto de una mezcla de rutina, hartazgo y, muy probablemente, falta de sexo. Lo curioso era que las vacaciones parecían avivar esos malestares.

Pensaba todo esto recostado sobre una tumbona, aceptando las cervezas que Alberto acercaba a mi mano mientras mis ojos –protegidos tras unas gafas oscuras– buscaban cicatrices en los cuerpos de las mujeres: suturas de cesáreas, celulitis, estrías y otras huellas que siempre me han resultado estimulantes. Por las madrugadas, ya ebrio y recostado en la cama, me masturbaba pensando en esas amas de casa que carecían de sexo tanto como yo.

Hacia el quinto o sexto día, ocurrió un incidente que confirmó mis sospechas respecto al enrarecimiento del ambiente conyugal. Alberto pelaba una jícama bajo la palapa, a un costado de la alberca, cuando se hizo una cortada en un dedo. Sangró profusamente. Alejandra, su esposa, lejos de alarmarse, irrumpió en un ataque de risa histérica. La reacción de Alberto fue más desconcertante: cuando Ana Paula, su hija más pequeña, se acercó atraída por las risas de su madre y luego se puso seria al observar a su papá herido, él le dijo que era pintura y procedió a dibujarle unos chapetes y una nariz de payaso con su sangre. La niña anduvo el resto del día con el rostro pintado de rojo, como si fuera el miembro de una tribu salvaje que ahora se integrara a la civilización.

¿Sobre qué conversábamos los hombres una vez que las mujeres se habían retirado a dormir y cambiábamos su compañía por la de las botellas? Consumo. Yo me aburría bastante porque eran cosas que nunca podría –ni me interesaba– tener. Autos, terrenos, viajes, lanchas, ropa, celulares, *palms* e iPods último modelo que rellenaban con basura. Yo empinaba el trago mientras asentía, pero mi mente estaba en otro lado, viajaba a las habitaciones donde sus esposas dormían con una almohada entre las piernas. Debido a que mi *bungalow* era el más lejano, se me había sugerido que orinara en los baños que estaban a la mano. Yo aprovechaba para deslizarme hasta los cuartos y observar a aquellas mujeres, sus respiraciones acompasadas, sus cabellos revueltos por la brisa de los ventiladores, sus muslos pródigos al descubierto y sus delicados pies: habría dado lo que fuera por chupar algunos de esos dedos. Cierta noche, noté un gesto de agitación en el rostro de Alejandra, que empezó a hablar entre sueños. Agucé el oído y la escuché pronunciar la siguiente frase: "Nosotras o ellos". De momento no le di importancia; después se reveló como una clave.

Conforme pasaron los días, me convencí de que una guerra se preparaba entre maridos y esposas. A ellas las veía conspirar, hablar por lo bajo mientras sus miradas apuntaban a los posibles objetivos. Ellos estaban cada vez más alerta, dormían menos e incluso empezaban a ejercitarse en el gimnasio de la villa. La tensión podía respirarse y había cosas amenazantes por doquier. Si se utilizaba un cuchillo, no volvía a su lugar. En la mesa bajo la palapa, conté siete. Lo que más me preocupó fue la idea de que en el resto de Las Hadas también ocurría ese caos conyugal apenas contenido. En mis crecientes delirios, producto de la insolación, el alcohol y mi imaginación –la mente de un escritor siempre está elucubrando–, pensaba en un suicidio colectivo, Las Hadas y sus habitantes inmolándose en un sacrificio sectario. Pero lo que ocurría en nuestra villa no resultaba menos inquietante: era una rebelión a las ataduras; un rechazo a la anestesia mental que permitía que todo aconteciera respecto a lo que esperaban los demás. Si algo se estaba gestando en aquella villa era que los sonámbulos comenzaban a despertar.

La penúltima noche dormí temprano, pero la sed de la resaca me hizo levantarme de madrugada. Mientras me servía un vaso de agua, observé a través de la ventana de la cocina que Alberto conversaba con Felipe, otro de los esposos, mientras limpiaban la piscina. La luz de la alberca volvía azules sus rostros, dándoles una apariencia espectral. La brisa nocturna me trajo pedazos de su conversación. "Lo haremos mañana en la noche", dijo Alberto. Felipe se retiró y Alberto continuó limpiando la alberca. Todas las noches lo hacía con devoción, pero esta vez se comportó extrañamente: cuando terminó, comenzó a ensuciarla de nuevo, arrojando en ella plantas e insectos, y me pareció que realizaba un rito inédito, como si alimentara al dios de la piscina. Entonces tuve una revelación: los esposos asesinarían a sus mujeres. ¿Qué podía hacer yo para impedirlo?

Ahora que todo pasó y que me encuentro en un cuarto de interrogatorio, tengo la sensación de que lo vi en una película. ¿Qué debo decirle a la policía? Además de que lo ocurrido en Las Hadas no puede explicarse fácilmente, no fui en realidad un testigo. Lo único que observé fue que ayer, desde muy temprano, las criadas regresaron a la ciudad, hecho que acrecentó mis sospechas de que algo terrible iba a suceder. Pero el resto del día transcurrió sin mayor novedad e, incluso, por momentos pensé que lo único alarmante era mi natural paranoia de escritor. Por la noche, mientras los hombres bebíamos, alguien debió poner una sustancia en mi trago y caí fulminado. Cuando desperté a la mañana siguiente, los adultos habían desaparecido de la villa. Un profundo silencio inundaba los *bungalows*. Caminé con paso vacilante hacia la palapa y entonces comprendí en qué parte estaba equivocado respecto a los matrimonios con los que había convivido los últimos quince días. En la piscina flotaban los cadáveres de sus hijos ahogados, el primer y atroz manifiesto de un nuevo tipo de revolución.

El amor no tiene cura

Creí que las brujas salvarían mi vida.

Salí de mi departamento aquella mañana y, frente a la puerta de uno de mis vecinos, encontré una rata muerta. Enorme. Parecía un gato. Más que repugnancia, sentí miedo: aquello era un mensaje concreto sobre lo que se gesta en los intestinos de la ciudad. Brinqué el animal, abrí la reja exterior, subí a mi auto y arranqué apurado: iba tarde a mi cita con la Pitonisa.

Media hora después, estaba sentado en una minúscula recepción junto a un grupo de personas desconocidas y de estratos sociales variados. Una mujer sentada frente a un escritorio me había informado que antes de mí faltaban por pasar cuatro personas. "Carajo", pensé, "de haber sabido ni me apuro". La espera fue larga. En algún momento, la Pitonisa –una mujer alta y gorda, vestida con *pants*– salió del cuarto de lectura y, al verme con las piernas cruzadas, me reprendió:

–Nada de brazos ni piernas cruzadas, si no, no *llego* a ustedes –después tomó una veladora de un anaquel y regresó, cerrando la puerta tras de sí.

Aburrido, aproveché para leer mi horóscopo en una revista para mujeres: "Capricornio: el que juega con fuego se quema. Aprende a tener siempre a la mano un vaso con agua".

"Mierda", pensé, "nadie es bombero de sí mismo". Dejé la revista, me recargué en el respaldo de la silla y crucé los brazos. Una señora de pelo cano que tejía una bufanda azul me hizo una seña, acompañada de una mueca de enfado. "Ah, sí, los brazos. Pero ¿y usted?", pensé. "Con esa telaraña que está haciendo, la Pitonisa no nos va a poder leer ni los malos pensamientos". Forcé una sonrisa y descrucé los brazos. Vieja canija.

Mi turno llegó al fin. Pasé al cuarto. Había un altar consagrado a no sé qué santo. Las paredes eran verdes y estaban tiznadas con el humo de las veladoras. Nos sentamos ante una mesa circular. La Pitonisa me ordenó quitarme los lentes.

–Para mirarte mejor –dijo, con una absurda voz de niña que no encajaba con su voluminoso cuerpo. Era como si Caperucita se quisiera comer al lobo. En ese momento, pensé que en realidad no me gustaría que la Pitonisa esculcara en mi basura mental. Tiró las cartas. Me habló de muchas cosas, pero lo importante fue lo siguiente:

–Perdiste una mujer –dijo.

–Sí. Mi esposa me dejó hace seis meses.

–Todavía la amas. Ella a ti también. La puedes recuperar…

–¿Cómo? Haré lo que sea.

–Tienes que volver aquí en tres días con un ramo de

crisantemos. Tu vida va a cambiar, ya lo verás. Si es que logras llegar...

–¿A qué se refiere?

–Algo te va a impedir venir aquí. Te vas a enfermar, o igual y te va a dar flojera. Pero si vienes, tu problema se arreglará. Te lo garantizo.

Agendé la nueva cita con la recepcionista y me fui al trabajo. Todo el día estuve inquieto y no me pude concentrar. Una duda fue creciendo en mí: ¿a qué se refería la Pitonisa con aquello de que algo me iba a impedir llegar a la cita?

De regreso a mi casa, por la noche, me topé con la espeluznante visión de la rata muerta en el pasillo. Nadie había sido capaz de levantarla. Recordé que mi vecino se había ido de viaje, por lo que el animal podía pudrirse ahí frente a su puerta. "Al carajo", me dije, "yo no voy a ser el pendejo que la recoja".

Ya adentro, descubrí otro asunto desagradable: se había acabado el gas. Era lunes y los de la compañía pasarían a surtir hasta el viernes, por lo que tendría que bañarme con agua fría todos esos días. "Ni madres", pensé, "¿y si me enfermo?". Había detectado la primera trampa del destino para impedirme llegar a mi cita con la Pitonisa. Tomé una decisión: no me bañaría hasta que pasara mi segundo encuentro con ella. Fui al refrigerador. Tenía pescado congelado. Podía cocinarme un filete con ajo y romero en la parrilla eléctrica. Pero... podía estar echado a perder y darme una diarrea feroz. Tomé la segunda decisión importante de aquel día: comería solamente arroz hasta que pasara mi consulta con la Pitonisa. No dejaría que el destino me jugara chueco. Estaría todo el tiempo alerta.

Esa noche me desvelé pensando en todas las cosas que podrían ponerse en mi camino antes de mi cita del jueves. Giré en la cama y entonces la vi: la Pitonisa estaba en un rincón del cuarto, observándome. Me quedé helado. Con su voz infantil me dijo:

–Yo vivo en los débiles y en los heridos.

–¿Qué? –creí responder, porque estaba petrificado y mi boca no se movía.

Después, la Pitonisa comenzó a acercarse a mí. Yo quería levantarme pero, en lugar de eso, me oriné en los calzones. Quise cerrar los ojos: tampoco pude. O sí los cerré, pero la seguía viendo: salió por la ventana, levitando, como si en lugar de una masa de ciento cincuenta kilos se tratara de una pluma de ganso.

Desperté. Era de mañana. Puta madre, qué pinche sueñecito. Lo peor de todo es que sí me había orinado. Carajo, eso no me pasaba desde la secundaria. Fui un mojacamas veterano, qué le voy a hacer. Me marché al trabajo. Así, meado y sin bañarme.

La rata seguía allí. También por la noche, a mi regreso. En la puerta me encontré con una vecina y una amiga suya que no había visto antes, y que tenía unas piernas largas como el camino al cielo. Me invitaron a tomar una cerveza a un bar cercano, pero me negué pretextando cansancio: esos muslos de granito eran sin duda otra trampa para desviarme de mi objetivo. Dos horas después regresaron con más amigas: pude escucharlas lanzar gritos de sorpresa cuando descubrieron el inmenso roedor. Mi vecina y su amiga reían: se habían puesto de acuerdo para gastarles una broma a las otras. Desde mi cama escuché durante un rato los ruidos de su fiesta improvisada. Sus exclamaciones y murmullos me arrullaron.

Volví a soñar con la Pitonisa. Esta vez me miraba desde el techo. Y estaba desnuda. Sus carnes colgaban como estalactitas de grasa.

–Yo vivo en los débiles y en los heridos –dijo, y se fue por la ventana.

A la mañana siguiente me sorprendí: no estaba orinado sino eyaculado. Una polución nocturna. Carajo, ¿en qué momento? No recordaba nada después de la Pitonisa. Me vestí, salí de casa, brinqué la rata sin hacerle mucho caso y fui a la oficina. Los compañeros me veían raro: mi aspecto debía ser terrible, sin bañarme ni rasurarme. Me valía madres: cumpliría la misión de ir con la Pitonisa, pasara lo que pasara. Un pensamiento me mantuvo distraído todo el tiempo: ¿y si ella en verdad me estaba visitando en sueños, en una especie de viaje astral? Y lo peor de todo: ¿había ella abusado de mí, como súcubo que buscaba alimentarse con mi esperma?

Esa noche, la anterior a la cita, tuve insomnio. Estaba aterrado. Cerrar los ojos podía significar caer en las carnes abundantes de la Pitonisa. Pensé en levantarme y recoger a la rata de una buena vez, para matar el tiempo. No, al carajo, que la recoja su chingada madre.

Tenía todo organizado. Había puesto la alarma del radio-reloj y había llamado a la compañía telefónica para solicitar el servicio de despertador: si había un apagón estaría cubierto. Me levantaría a las siete, tres horas antes del encuentro, para tener tiempo suficiente si surgía algún problema (una llanta ponchada en mi coche, por ejemplo). Y tenía que dormir, no importaba si aparecía la Pitonisa para vejarme: no podía arriesgarme a manejar convertido en un zombi. Así que tomé una pastilla de valeriana e intenté relajarme. El sueño tardó, pero finalmente llegó.

Soñé con Mariana, mi esposa. (¿Por qué uno sigue diciéndole "mi esposa" a la mujer que lo abandona?). Hacíamos el amor. Su lengua entró en mi boca y en ese momento pasó algo extraño: empezó a frotarme la laringe con la punta, como si de pronto se le hubiera transformado en una serpiente. Desconcertado, la alejé de un empujón. Y entonces entendí: no eran los ojos de mi esposa, eran los ojos de la Pitonisa. Todo lo demás –la nariz, la boca, el cuerpo– era de Mariana. Pero los ojos no. Parecía como si la Pitonisa se hubiera enfundado el cuerpo de mi esposa como quien se pone un disfraz. Y el olor tampoco era el de Mariana: olía a agua estancada, a pantano.

–*Ah, but a man never got a woman back* –dijo, cantando y mezclando dos canciones de Leonard Cohen que me gustan–. *Not by begging on his knees… There ain't no cure, there ain't no cure, there ain't no cure for love…*

El despertador y el teléfono sonaron al mismo tiempo. El espejo del baño me devolvió el rostro de un vagabundo. Salté la rata y subí a mi coche. Podía sentir las costras de semen pegadas a mi entrepierna. Manejé con precaución excesiva. Un taxista me insultó. Lo ignoré. Llegué a la cita una hora y media antes: la puerta de entrada al negocio de la Pitonisa estaba cerrada. Prendí el radio y me recosté en el asiento, agotado pero satisfecho conmigo mismo. Cuarenta minutos después, por el espejo retrovisor, vi llegar a la Pitonisa con su asistente. Seguí esperando en el coche hasta que llegó la hora de mi cita.

Me acordé entonces de la lectura del *I Ching* a la que había ido con mi amigo Frank hacía dos meses. Nos había llevado Rodrigo, un amigo mutuo. Fue en casa de dos hermanas de origen rumano que sabían leer el milenario libro. También las cartas, pero no se las tiraban a extraños. Nos leerían el *I Ching* a Frank –quien también estaba recientemente separado– y a mí, como un favor a Rodrigo. Fuimos una noche de luna llena y cielo despejado. Vivían en la azotea de un edificio de departamentos. Desde ahí, la ciudad parecía un inmenso pueblo fantasma. A mí me atendió Catalina, que tiene ojos de animal prehistórico, y en un principio me costó trabajo concentrarme en otra cosa que no fueran sus pupilas. Mi pregunta fue muy concreta: ¿Cómo puedo recuperar a mi esposa? Tiré las monedas y la respuesta del libro fue el capítulo "El influjo". Entre otras cosas decía:

> Nueve en el tercer lugar significa:
> La influencia se manifiesta en los muslos.

Adherirse a lo que prosigue.
Continuar es humillante.
Nueve en el cuarto lugar significa:
La perseverancia trae buena fortuna.
Desaparece el remordimiento.
Si un hombre tiene la mente agitada
Y sus pensamientos van de un lado a otro,
Sólo aquellos amigos
Sobre los cuales él fija sus pensamientos conscientes
Habrán de seguirlo.

Cuando me despedí, Catalina me dio un beso en la mejilla y me dijo con dulzura: "No te angusties, tu malestar pasará". Pero como mi malestar no pasó ni los consejos del *I Ching* ayudaron mucho, acabé aquella mañana en mi auto frente al local de la Pitonisa, con unas ojeras profundas y un olor acre en el cuerpo. ¡Las cosas absurdas que un hombre abandonado es capaz de hacer con tal de recuperar a su mujer!

–Te voy a hacer una limpia –me dijo la Pitonisa cuando finalmente entré en el cuarto de lectura con paso triunfal y una sonrisa estúpida en el rostro. Le extendí los crisantemos y aproveché para olerme las axilas.

–Tonto. Si no te voy a bañar, es una limpia para quitarte las malas vibras.

Me pasó las flores por el cuerpo mientras decía una letanía y me frotó los brazos y las piernas con alcohol. Después hizo un círculo de fuego alrededor mío, me extendió la mano y me sacó de él, advirtiéndome que no volteara hacia atrás. Luego nos sentamos a la mesa. Empezó a darme algunos consejos –como si fuera psicóloga– sobre mi personalidad y lo que debía cambiar. Yo estaba intrigado con el asunto de sus visitas nocturnas a mi cuarto, así que le tiré un anzuelo:

–Yo vivo en los débiles y en los heridos.

–¿Perdón? –dijo, extrañada.

Como podía estar fingiendo, contraataqué:

–Te gusta ir a verme a mi cuarto, ¿no es cierto?

Me miró como quien mira a un loco y continuó con su perorata.

Entonces me di cuenta de algo: la Pitonisa no había mencionado nada sobre mi puntual llegada ni sobre mi triunfo ante los obstáculos vaticinados por ella. Era evidente: lo había olvidado. Lo que para mí había significado la diferencia entre el desastre que era mi vida y un futuro mejor, y que había mantenido mi mente alerta hasta grados enfermizos, no representaba nada para ella. Más apenado que decepcionado, emprendí el trayecto de regreso a casa. Mientras estacionaba el coche pensé en la rata y la rabia afloró en mí: la quitaría, sí señor. En ese mismo momento entraría en mi departamento, cogería la escoba y el recogedor, la metería en una bolsa y la tiraría en el contenedor común. Les demostraría a mis vecinos que era mejor que ellos. Lejos de humillarme, aquel acto me convertiría en héroe por un día. Incluso me sentiría envalentonado para aceptar futuras invitaciones de mi vecina. Bajé del auto con paso firme, pero en cuanto abrí la reja quedé pasmado: una rata viva estaba al lado de la rata muerta. La olisqueaba y le chillaba. Tras la sorpresa inicial, me reactivó una ráfaga de furia. Pasé a un lado de los roedores; la rata viva ni se inmutó. Saqué la escoba y me abalancé sobre ella. Los chillidos crecieron y se hicieron insoportables. Golpeé a la rata con frenesí hasta que se calló. Exhausto y salpicado de sangre y vísceras diminutas, regresé a mi departamento. Me senté en el sillón de la sala, escoba en mano. Me dije: "Pon atención a cualquier ruido. Vendrán más ratas. Ellas no se largarán jamás".

Los niños de paja

Me parece que ya no estamos en Kansas.
Dorothy

Para Serena Vasconi

Las manos pequeñas enterraron la aguja en el ojo. Lentamente pero con firmeza, como si lo hubieran hecho muchas veces antes. A pesar de estar concentrado en la tortura que le infligía a la muñeca de plástico y de que no volteaba a verlo mientras conversaban, el niño ponía mucha atención a sus palabras. Dávila colocó la grabadora en marcha sobre la mesa y la deslizó hasta el otro extremo.

–Entonces, ¿me lo contarás todo?

El niño asintió. Los cabellos rubios y chinos le cayeron sobre la cara. Tomó otra aguja del costurero que tenía a un lado y la incrustó en la palma de la mano de la muñeca, hasta que la punta asomó por detrás.

–Te diré lo que quieras, pero con una condición.

–¿Cuál?

–Que escribas nuestra historia.

–Claro. Por eso vine aquí. A eso me dedico.

–*Nuestra* historia. No la de ellos.

La voz del niño había cambiado. Algo casi imperceptible, pero ahora parecía contener un tono de advertencia.

–De acuerdo. Como tú quieras…

El niño lo miró con sus ojos verdes. Las pupilas parecían dos luciérnagas en la penumbra.

–¿Lo prometes?

–Prometido.

El niño sonrió y tomó un puñado de agujas para completar su obra.

I. Viernes, 31 de octubre

Nos metimos en la boca del lobo, pensó Julián mientras observaba la carretera oscura a través de la ventana del auto. Eso le había dicho una vez su hermana cuando era niño y la acompañó a dejar un regalo. Se perdieron en una colonia desconocida y al dar vueltas por calles laberínticas desembocaron en un paraje desolado, sin iluminación; los faros del coche poco podían hacer para atravesar la noche. Algunas sombras pasaron junto al cofre. Ella, asustada, metió reversa y regresaron a casa. En ese momento no entendió el miedo de su hermana, aunque la frase le pareció enigmática. Ahora, en la carretera, comprendió el abismo que separa a los miedos infantiles de las preocupaciones del mundo adulto. De pequeño no podía darle la espalda a la oscuridad: siempre sentía que algo surgiría de ella. Conforme fue creciendo, sus temores se transformaron en cosas más reales y vulgares: que lo golpearan en el recreo, que una chica lo rechazara, que lo asaltaran en el camino a la tienda.

–Te dije que era mejor la carretera de cuota, ahora no sabemos ni dónde vamos.

–El que maneja soy yo, así que yo elijo el camino.

En el asiento delantero, Fernanda y Claudio empezaban otra de sus habituales discusiones. A su lado Salvador dormía, tras haberse bebido una botella de tequila, ajeno al hecho de que estaban extraviados gracias a la necedad de Claudio, a su ego desmedido que no admitía consejos ni errores. ¿Fue buena idea realizar este viaje?, se preguntó Julián. Él mismo lo había organizado, convenciéndolos de pasar el Día de Muertos en un lugar en el que se realizaba una celebración tradicional; la fecha coincidía con el fin de semana, así que podían viajar y regresar a tiempo a sus respectivos trabajos. Intentó relajarse: estaba acostumbrado a los pleitos de Fernanda y Claudio, a la paulatina desintegración de ese matrimonio que apenas tenía tres años, pero que envejecía con la edad de los perros. Y Salvador, aunque se la pasara borracho, era capaz de aligerar la tensión con sus habituales sarcasmos. Ambos estaban divorciados y conocían ese goteo persistente que oxida las relaciones, pero no era agradable revivirlo a través de otros. ¿O sí? Había que admitirlo: si les pasaba a los demás también, uno no se sentía tan mal.

El automóvil se detuvo. La oscuridad y el silencio los envolvían por completo. Había algo irreal en la atmósfera, como si el resto del mundo hubiera desaparecido. Julián miró por el parabrisas: a un costado de la carretera se abría una desviación.

–No tomes ese camino, Claudio, mejor sigamos derecho –dijo Fernanda, con voz temblorosa–. Ya casi no tenemos gasolina...

–Recuerda que yo vine aquí en un viaje de la preparatoria. Este es el atajo. Estamos muy cerca.

–Ni siquiera hay señales.

Claudio encendió un cigarro. Fernanda, indignada, bajó su ventana: era alérgica al humo.

–No me digas que estás asustada.

Fernanda miró a Julián en busca de apoyo. Sus ojos grandes centellearon en la oscuridad. Se veía frágil, casi suplicante. Los labios se separaron, como si fuera a decir algo. Le hubiera gustado congelar ese momento, tomarle una fotografía. Pero en lugar de eso, encogió los hombros.

Claudio lo observó por el retrovisor y aceleró hacia la desviación.

Que nos trague la boca del lobo, pensó Julián, mientras el viento frío le golpeaba la cara.

La electricidad parecía ser la única presencia en aquel pueblo. Mientras el auto se deslizaba –ya sin una gota de combustible– por una pronunciada pendiente, los cuatro observaron las calles solitarias pero bien iluminadas, los letreros de neón de las tiendas vacías y los semáforos que se mecían en la brisa nocturna, cambiando de luces como si se enviaran señales entre ellos. Fue ese resplandor artificial lo que los guió en la oscuridad de la carretera, una vez que Claudio admitió que se había equivocado de camino y que necesitaban buscar urgentemente una gasolinera.

La pendiente desembocó en una plaza rodeada de árboles y con un kiosco en el centro. Claudio dirigió el auto hacia el borde de la banqueta y lo detuvo. Los cuatro bajaron y aprovecharon para estirar las piernas. Sobre sus cabezas, un transformador emitía un zumbido potente, como si dentro albergara un panal de abejas gigantes.

–Ponemos gasolina, cenamos y luego volvemos a la carretera –propuso Julián.

–Mejor vamos a una cantina, ¿no? –Salvador estaba crudo.

–Están pendejos –Fernanda cruzó los brazos y se recargó en la cajuela–. Ni loca me regreso por ese camino ahora. Localicemos un hotel. Este viaje ya se jodió.

–Eso es cierto –Claudio encendió un cigarro–. A estas alturas, ya perdimos las reservaciones en el hotel. Además, no tengo ni puta idea de dónde estamos.

–Quedémonos aquí y mejor celebremos Halloween –dijo Salvador, quien se había adelantado unos pasos y se encontraba frente a una tienda de disfraces. Estaba cerrada pero, como todo en ese pueblo, iluminada por dentro.

–Al menos será más divertido –Claudio se le unió. Había máscaras de monstruos, gorros de brujas, leotardos negros con huesos fosforescentes, enormes calabazas con ojos y boca. También unas extrañas cabezas huecas hechas con pedazos de periódico y engrudo–. Timbremos, a lo mejor alguien nos abre.

–Siento aguarles la fiesta –Julián se acercó y les señaló un papel blanco con letras rojas pegado en el vidrio de la puerta que decía "clausurado".

El ruido de la cajuela al cerrarse los hizo voltear. Fernanda se colgó su mochila al hombro y comenzó a caminar calle abajo. Los demás se miraron a los ojos y sin decir palabra se acercaron al coche para sacar también sus cosas.

Una cuadra adelante se reunieron con Fernanda, quien husmeaba a través de la ventana de una casa. Las cortinas estaban corridas y dentro había una estancia solitaria con la televisión encendida. En ella reverberaba el color azul de la pantalla sintonizada en un canal muerto.

El hombre del mostrador tenía el cabello blanco, vestía camisa a cuadros y portaba en el pecho un identificador de metal que decía "Stephen". Los miró con desconfianza desde que entraron por el pequeño vestíbulo. Arriba del estante de madera en el que se colocaban las llaves de los cuartos había una escopeta y una cabeza de alce disecada. Salvador sintió repulsión por aquel viejo que había viajado desde su país con un absurdo trofeo. ¿Qué tipo de persona conserva y exhibe una cabeza con cuernos?, pensó. Los cazadores se creen el escalón más elevado en la lucha de las especies, el más fuerte se come al más débil y toda esa mierda que parece salida de un libro de superación personal.

Julián le dio un codazo en el costado y lo sacó de sus pensamientos. Con la mirada le indicó el televisor que colgaba en una esquina del techo. Era un modelo antiguo, de forma ovoide. Pasaban una película vieja que identificó de inmediato. Una niña de coletas caminaba por un sendero de ladrillos amarillos junto a su perro.

–¿Dónde hay una gasolinera? –le preguntó Fernanda al hombre del mostrador, mientras le pagaba dos habitaciones: ella administraba el fondo común que habían reunido para el viaje.

–Ahora está cerrada –dijo, con acento de gringo–. Probablemente mañana estará abierta.

–¿Cómo que *probablemente*? ¿No abre diario?

–Mañana será otro día. Y aún falta mucho para mañana, señorita.

–¿Qué? –Fernanda alzó la voz, irritada–. ¿De qué carajos está hablando?

Claudio la jaló de un brazo y le susurró al oído:

–Vamos a dejar las cosas al cuarto y luego salimos a buscarla. No pierdas el tiempo con este anciano.

Fernanda puso los ojos en blanco y tomó las llaves. Salvador cogió las suyas y los cuatro atravesaron el vestíbulo, dirigiéndose hacia las escaleras. Julián experimentó esa sensación familiar de la niñez, esa voz que salía de algún lado para advertirle: *Nunca le des la espalda a la oscuridad.* Se sintió estúpido, pensando eso en aquel lugar iluminado. Pero no pudo evitar voltear atrás. El hombre del mostrador ya no estaba. Miró el televisor. Justo en ese momento, Dorothy desapareció y en su lugar surgió el color azul del canal muerto que habían visto antes. Por la forma de la pantalla, parecía un ojo que los vigilaba.

–¿Crees que escucharemos ruiditos de amor en la noche? –Julián inspeccionaba el baño, los jabones, el champú–. A lo mejor no fue buena idea alquilar cuartos contiguos.

–¿Bromeas? Fernanda y Claudio ya no cogen –Salvador se había tirado sobre la cama pegada a la ventana, sin darle tiempo a Julián de elegir–. ¿No ves que están todo el tiempo tensos, que se rozan y sacan chispas?

–Tienes razón. Parecen más hermanos que marido y mujer.

–El del problema es Claudio. Alguna vez, en una borrachera, me confesó que Fernanda lo busca y él se hace el dormido.

–Pues qué pendejo, pero mejor para nosotros: los gemidos ajenos causan el más incómodo de los insomnios.

–Escuchar a Claudio sería una experiencia traumática. Pero no me molestaría oír a Fernanda...

–Cállate, cabrón. A lo mejor ellos sí nos están escuchando.

–Eres un paranoico. ¿Qué tanto analizas?

–Los materiales de higiene. Son clave. Si veo un jabón Rosa Venus, salgo corriendo.

–Imposible. Este es un hotel de gringos, ¿no te diste cuenta?

Julián salió del baño, ignorando el comentario de Salvador y abrió el clóset. Dentro había un pequeño cuadro con la imagen de dos niños cruzado un puente. Encima de ellos estaba la figura de un ser alado que los cobijaba en su caminata. Lo descolgó para observarlo más de cerca. Se parecía a la oración que pendía sobre su cama de pequeño, sólo que este ángel tenía las alas negras... En ese momento alguien tocó a la puerta. Regresó el cuadro a su lugar y se asomó por la mirilla: del otro lado no había nadie. Abrió. El pasillo estaba desierto, pero escuchó que una puerta se cerraba al fondo, cerca de la escalera. Se acercó lentamente. Sobre su cabeza, las luces comenzaron a parpadear. Distinguió un ruido, algo como un sollozo o un lamento. Parecía salir del último cuarto. Se detuvo a escuchar. Las luces parpadearon con más rapidez y se apagaron, dejando el pasillo sumido en la oscuridad. La puerta se abrió repentinamente. Julián vio una figura de pie en el umbral, las pupilas cristalinas que lo observaban fijamente. Quiso correr, pero estaba petrificado. La sombra estiró una mano hacia él. Cerró los ojos. La mano se posó en su hombro y lo sacudió, como si quisiera despertarlo de un sueño.

Los cinco se sentaron en un reservado del bar del hotel, lo más alejado posible del cantinero, a sugerencia de Dávila. Julián aún no sabía qué pensar de ese hombre que se identificó como reportero de un periódico de la capital, y que le había hecho cagarse de miedo en el pasillo minutos antes. Dávila era un hombre flaco y alto, de espesa barba, que vestía un desgastado saco de pana café –Julián le calculó más de cuarenta años–, y que bebía tequila con la urgencia de quien ha visto demasiadas cosas. Eso tenía feliz a Salvador, que le seguía el paso sin titubear. Fernanda y Claudio también tomaban con rapidez, quizá incomodados por ese extraño que prácticamente les suplicó que se bebieran un trago con él.

Dávila les contó que llevaba una semana en el pueblo, realizando un reportaje sobre la comunidad estadounidense que se había instalado ahí cincuenta años atrás. Un texto sin mayor relevancia, cuyo único objetivo era retratar el proceso de adaptación de una cultura ajena a la local. Sin embargo, en el camino descubrió cosas extrañas. En ese pueblo no había ni un solo niño; en cambio, en otro pueblo que estaba cruzando el bosque, no había adultos. En ambos, prácticamente no quedaban lugareños.

–Los he observado –dijo, cuidándose de que el cantinero no escuchara–. Creo que se están preparando para una guerra…

–¿Los están reclutando para el Medio Oriente? –preguntó Salvador, divertido.

Julián lo reprendió con la mirada. Después se dirigió a Dávila.

—¿A qué te refieres? ¿Una guerra entre el pueblo de los adultos y el pueblo de los niños?

—*Oldiestown* y *Childrentown* —dijo Salvador, sin contener la risa.

El cantinero volteó y se les quedó mirando. Comenzó a lavar unos vasos sin despegarles la vista.

—Baja la voz —dijo Dávila, preocupado—. No podemos seguir hablando de esto. Sólo les digo que deberían largarse de aquí cuanto antes. La guerra comenzará esta noche.

—¿Y tú por qué no te vas? —Claudio parecía cobrar interés en la plática.

Dávila se acabó su tequila de un trago. Iba a responderles pero se detuvo: el cantinero cruzaba el bar y venía hacia ellos.

—Sólo háganme caso y váyanse —les murmuró.

—¿Dónde hay una gasolinera? —se apuró a decir Fernanda.

—En el pueblo de al lado.

El cantinero los interrumpió. Era un señor calvo de ojos azules.

—Tiene una llamada —le dijo a Dávila, con un acento mucho más disimulado que el del hombre del mostrador.

El periodista rellenó su caballito y se levantó. Antes de marcharse les guiñó un ojo. Julián pensó que en esa mirada había miedo pero también excitación.

Hacía media hora que Dávila se había marchado y no se le veía por ningún lado. Claudio y Salvador no paraban de burlarse de él. Fernanda se levantó para ir al baño y Julián la siguió con la mirada: le encantaba su culo que rellenaba con firmeza el eterno pantalón de mezclilla. ¿Alguna vez la había visto con falda? En su mente se lo había quitado muchas veces, imaginando esas nalgas blancas y rotundas, las marcas que dejaría con sus dientes. Si el imbécil de Claudio no se la cogía, alguien tenía que hacer algo al respecto. Esperó unos minutos y fue al baño también. Se la topó al salir.

–¿Estás bien?

Fernanda cruzó los brazos y se recargó en la puerta.

–No. Quisiera regresar temprano a casa. Pero Claudio y Salvador se están poniendo borrachos y mañana estarán crudos e inservibles.

–¿Qué piensas de lo que dijo Dávila?

–Está loco. Pero igual y lo de la gasolinera es cierto. Deberíamos ir a buscarla en lugar de perder el tiempo.

–De acuerdo. Pero quiero hablar con él una vez más. Lo buscaré en su cuarto y luego bajo por ti. Si vamos sólo tú y yo al otro pueblo será más rápido.

–No quiero que Claudio y Salvador se alcoholicen a lo pendejo. Mejor nos los llevamos también.

–Como quieras.

Julián se dio la vuelta pero Fernanda lo tomó de un brazo.

–No te tardes. En verdad me quiero ir de este lugar lo más pronto posible. Me pone de malas.

Julián se acercó y le colocó las manos en las mejillas.

—No te preocupes. Todo va a estar bien. Déjalos a ellos emborracharse a gusto, nosotros traemos la gasolina y mañana a primera hora nos vamos. Yo manejo.

Fernanda lo vio fijamente a los ojos durante unos segundos. Después bajó la mirada.

—Bueno. Pero hay que apurarnos.

Julián sintió su aliento cercano, el olor del tequila que lo volvía más inquietante. Observó sus labios recién pintados: le encantaba que Fernanda se los retocara siempre que entraba a un baño. Estaban rojos sangre.

La puerta de la habitación de Dávila estaba entreabierta. Julián tocó pero no obtuvo respuesta. La empujó suavemente y se asomó dentro. La lámpara del escritorio estaba encendida. Sobre éste había una botella vacía de tequila, un cuaderno, una grabadora pequeña y diversos papeles en desorden; se acercó con cautela y los revisó. Entre las hojas había un mapa del pueblo. Tomó el cuaderno y lo abrió. Contenía diversas anotaciones de Dávila sobre el lugar y sus habitantes. Leyó al azar:

La señora Smith no me quiere decir su edad, pero debe tener más de setenta años. Su cabello blanco siempre está recogido en un chongo. Es la vecina más respetada. Su marido murió hace un año; cuando le pregunto la causa, cambia de tema. Parece que le dejó una buena suma de dinero, porque vive bien. Se entretiene haciendo conservas que luego regala a sus amigas. Tiene una huerta pequeña detrás de su casa y un mozo llamado Emilio, que es de los pocos lugareños que quedan. La señora Smith dice que su único hijo se fue hace tiempo, pero que está por regresar. Y que se encuentra muy ocupada preparándole la bienvenida. Es una mujer esquiva, pero cuando te mira con sus ojos nublados por cataratas, da la sensación de que escudriña dentro de tus pensamientos. No confío en ella. En algún momento fingí que iba a mi coche por unos papeles. Ella se metió en la cocina y aproveché para espiarla. Introducía navajas de afeitar dentro de unas manzanas…

Un ruido proveniente del baño distrajo a Julián. Un chapoteo. "¿Dávila?", preguntó con voz trémula. Nada. Dejó el cuaderno y caminó hacia la puerta del baño. Por el rabillo del ojo notó que la luz del pasillo volvía a parpadear. Respiró hondo y abrió. Nadie. Faltaba correr la cortina de la regadera. Tardó una eternidad en llegar a ella. Estiró la mano. Su corazón le golpeaba el pecho con fuerza, como si quisiera largarse de ahí antes que él. Abrió la cortina de un tirón. La regadera estaba vacía.

Nuevamente el chapoteo, ahora a sus espaldas.

La nuca se le erizó. No sabía lo que estaba detrás de él, pero no podía volverse para mirarlo. *Nunca le des la espalda a la oscuridad.* Una vez más, el ruido del agua y algo que se agitaba en ella. Desesperadamente. Creyó entender. Reunió fuerzas y giró el cuerpo. No había nadie, por supuesto. Levantó la tapa del escusado. Una enorme cucaracha se ahogaba dentro. Salió del baño limpiándose el sudor de la frente. El pasillo estaba a oscuras y la televisión encendida en el canal muerto. Ese familiar color azul, como un ojo sin párpado que todo lo observa.

Se metió la grabadora en el pantalón, cogió el cuaderno y el mapa, y salió a paso apresurado de la habitación.

Caminaron en silencio por las calles desiertas, observando cómo a su paso las luces en las ventanas de las casas se iban apagando. La gente parecía asustada. ¿De verdad se estaban preparando para una guerra, como decía Dávila? El viento frío agitaba los árboles y en el cielo, a lo lejos, aparecieron unos relámpagos. Julián había dejado el cuaderno con Claudio y Salvador, pero la grabadora aún la traía en la bolsa del pantalón. El mapa indicaba que el bosque estaba cerca del hotel y que había un sendero que atravesaba hasta el otro pueblo. Pasaron junto a la iglesia; era pequeña, de paredes blancas y descascaradas. Parecía abandonada.

Julián recordó el día de la boda de Fernanda y Claudio. Ella lucía radiante y hermosa; él, indiferente, como si recibiera un premio de consolación a su anterior y fallida relación. A Claudio se le habían dado las cosas fáciles y no valoraba lo que tenía: un buen trabajo como arquitecto en el despacho familiar, Fernanda que apareció rápido para ayudarlo a sanar sus heridas. Julián terminó ahogado en la fiesta, llorando en el baño, con el dolor de su reciente divorcio a flor de piel. Había conocido a Fernanda en la universidad, donde ella daba clases de antropología y él de apreciación cinematográfica. Le gustó de inmediato, pero ya estaba comprometida con Claudio. "¿Dónde estabas hace diez años?", le dieron ganas de decirle en ese momento, mientras dejaban atrás la iglesia; una gran frase de una gran película, que sonaba patética aplicada a su vida.

Desembocaron en una calle empedrada en donde terminaba la urbanización: alrededor sólo había lotes baldíos cuyas bardas estaban pintadas con propaganda de partidos políticos desaparecidos hacía años. Al fondo iniciaba el bosque. Los postes de luz colocados a los lados de la calle continuaban hasta internarse en el sendero que marcaba el mapa. Era extraño, un bosque iluminado con electricidad. Eso parecía facilitarles las cosas, pero Julián intuía que esa energía significaba algo más. Algo en lo que era mejor no pensar. Siguieron caminado en silencio. Las luces titilaron cuando Fernanda tomó la mano de Julián y se adentraron en el bosque.

El cantinero había desaparecido hacía una hora. El bar estaba desierto. Aburridos, sin más que beber, Salvador y Claudio se pusieron a leer el cuaderno de Dávila. Pensaban que encontrarían más material para seguirse burlando de él.

Emilio es un hombre fuerte, de rostro arrugado y mirada triste. Me he ganado su confianza invitándole unos tequilas. Me contó que, con la llegada de los gringos, la tradición del

Halloween se fue imponiendo a la del Día de Muertos. "Sólo cosas malas han pasado desde entonces". Hace un año, me dice, los niños vinieron al pueblo disfrazados, como cada 31 de octubre, a pedir dulces y hacer travesuras, pero esa vez mataron al señor Smith. "Ahora regresarán y sólo Dios sabe lo que pasará".

–¿Y la policía? –le pregunté–. ¿Por qué no intervino y detuvo a los culpables?

–Aquí no hay policía –me dijo–. La máxima autoridad era el señor Smith, que es el que trajo la electricidad al pueblo, por eso vino hace cincuenta años con toda su gente, para hacer negocio... Fueron injustos con nosotros y nos desplazaron, pero eso se les regresó y sus niños comenzaron a portarse mal con ellos...

–¿Por qué están en el otro pueblo? ¿Por qué nadie va para allá?

–El que va para allá no regresa.

–¿Y la señora Smith? ¿Ahora ella es la líder?

–Esa vieja es una bruja. De verdad... Tenga cuidado con ella...

No quiso decirme más. Se dedicó a beber hasta que se quedó dormido...

Un murmullo distrajo a Claudio y Salvador de la lectura. El bar había cambiado. Les costó trabajo entender lo que sucedía. Estaban rodeados de niños disfrazados.

–Somos los primeros enviados –dijo con solemnidad uno de los niños, cuyo rostro estaba pintado de blanco con sombras negras en los ojos y los pómulos. Simulaba una calavera.

–Buscamos a Dávila. Nos prometió que escribiría nuestra historia –agregó un gordo disfrazado de indio. En la mano sostenía un arco y en la espalda le colgaba una canasta con flechas.

–Los demás vendrán cuando lo encontremos –dijo una niña con suturas en la cara.

–Dulce o truco –dijo otra niña, vestida con minifalda, medias de malla, tacones altos y rostro pintarrajeado, una prostituta en miniatura–, y les cerró un ojo.

Claudio reía, nervioso. Salvador tomó un cacahuate del plato que les había dejado el cantinero y se lo arrojó al indio en la cabeza.

–Ahí está su dulce. Ahora lárguense.

El gordo se movió con rapidez y lanzó una flecha, que se incrustó en el hombro de Salvador.

–¡Hijo de puta! –gritó, incrédulo.

Claudio, asustado, levantó las manos.

–Dulce o truco –la pequeña prostituta les mandó un beso. El indio colocó otra flecha en el arco.

–Tranquilos –Claudio había recobrado la sobriedad en segundos–. ¿Qué carajos quieren?

En ese momento, el hombre del mostrador entró al bar, apuntando con su escopeta.

–No se muevan, niños –y, dirigiéndose a Claudio y Salvador, agregó–: ustedes dos, enciérrense en su cuarto. Este asunto no les atañe. Escogieron una mala noche para venir.

Salvador se levantó con dificultad, llevándose una mano al hombro, y pasó lentamente entre los niños. Su camisa estaba empapada de sangre. Claudio cogió el cuaderno y lo siguió. Mientras subían las escaleras escucharon cómo el hombre del mostrador cortaba cartucho. Pero no se oyó ningún disparo. Sólo se elevaron sus gritos de dolor.

Salvador se desplomó en una silla de la habitación. Sudaba profusamente y el dolor le nublaba la vista. Claudio corrió el pasador de la puerta y arrastró la cómoda para trabar la entrada. Después salió al balcón: estaban en un primer piso, la distancia hasta el suelo no era mucha. Miró a su alrededor: nada se movía en las calles. Vio los relámpagos en el cielo y pensó en Fernanda y Julián, que se dirigían al encuentro con el resto de los niños. La clave era encontrar a Dávila. Los niños lo reclamaban. Volvió a consultar el cuaderno en busca de alguna pista.

La señora Smith me cuenta que, hace muchos años, se construyó una pequeña réplica en madera de un típico pueblo estadounidense del otro lado del bosque, para que los niños tuvieran un sitio dónde jugar y que no extrañaran su tierra natal. Todos los fines de semana el lugar cobraba vida y se convirtió en una especie de club de campo de la comunidad gringa. Habla con nostalgia de esos tiempos, como si hubieran sido los más felices que pasó aquí. Cuando le pregunto por qué los niños siguen allá, hace como que no me escucha y se pone a preparar bocadillos que repartirá entre sus amigas. Es imposible que esos niños sean los mismos que llegaron aquí con sus padres, pues ahora serían adultos. ¿Pero quiénes son entonces? Debo hablar con los niños, mi siguiente paso es ir a ese pueblo para entrevistarme con ellos.

Varios golpes sacudieron la puerta. Claudio escuchó las voces de los niños. Intentaban entrar, utilizando un extinguidor como ariete.

–Vámonos –le dijo a Salvador–. Hay que escaparnos por el balcón.

–No puedo moverme –el dolor le arrancaba lágrimas–. Vete tú y busca ayuda.

Los golpes sonaron con más fuerza. En el centro de la puerta, por encima de la cómoda, comenzó a abrirse un hueco.

–Volveré pronto. Enciérrate en el baño.

Claudio salió al balcón, se colgó de los barrotes y saltó a la calle. Corrió por las calles desiertas, golpeó en las puertas de las casas pidiendo ayuda, pero las ventanas se cerraban y las luces se apagaban. El tobillo derecho comenzó a punzarle, se lo había lastimado al caer. ¿Qué era lo que sucedía en aquel lugar? Hacía unos minutos se estaban emborrachando felizmente y ahora Salvador tenía una flecha clavada en el cuerpo. Una flecha disparada por un niño. O algo que parecía un niño... Algunas imágenes de su infancia vinieron a su mente. Sus compañeros de la escuela haciendo bromas pesadas, vejaciones, torturas. Las padeció, pero también participó en ellas. Era necesario, si quería sobrevivir en ese pequeño y a la vez complejo mundo. Los niños podían ser tan crueles como los adultos, pero estos no eran niños. Lo notó en sus ojos. Había algo más en esas miradas insondables. Algo sin tiempo y sin edad.

El músculo del tobillo se le enfrió y comenzó a cojear. A cada paso que daba le era más difícil caminar. Se detuvo unos segundos a recuperar el aliento. Los relámpagos aumentaban en el cielo nocturno. No tardaría en caer una tormenta. Cuando quiso volver a andar, el pie se le dobló y cayó al suelo. El dolor era intenso. Rompió en llanto. Y en medio de los sollozos, surgió en su cabeza. Apareció catapultado desde el pasado. Lo vio con claridad. Cara Plana. El compañero que tenía un rostro extraño, sin perfil. Como si fuera el personaje de una caricatura al que le hubieran cerrado una puerta en la cara. Todas las mañanas, antes de que llegara el maestro y comenzara la clase, el salón entero golpeaba las bancas y gritaba a coro: ¡Cara Plana! ¡Cara Plana! ¡Cara Plana! Una porra siniestra. Había, sin embargo, un gozo en ese rito, algo que los conectaba a todos con su lado primitivo. Se dejaban llevar en esa letanía que podía durar largos minutos. Lo hicieron muchos días, hasta que el alumno dejó de ir a la escuela. No podía recordar su nombre. En su memoria siempre sería Cara Plana.

Un olor a quemado lo regresó al presente. Un hombre envuelto en llamas pasó corriendo junto a él.

La flecha se quedó en su hombro. Salvador intentó sacarla, pero se detuvo al sentir cómo se le desgarraba la carne por dentro. Estaba fabricada correctamente y era imposible extraerla sin causar mayor daño. Algunas astillas le cayeron en el rostro. Los niños entrarían de un momento a otro. Tomó aire y se levantó de la silla, conteniendo un grito. La puerta tenía ya un hueco grande en medio. El gordo asomó la cabeza y lo miró; los cachetes enormes y rosados se expandieron en una sonrisa. Una sonrisa perfectamente idiota. Salvador le escupió en la cara, se metió al baño y se encerró. Agotado por el esfuerzo, se tumbó en el suelo y se recargó en la base de la tina. Escuchó cómo los niños acababan de destrozar la puerta, movían la cómoda y entraban a la habitación en medio de un alboroto de voces.

La chapa del baño se sacudió violentamente.

No te abras, pensó Salvador.

Un objeto entró por la ranura.

Pinches chamacos.

Pensó en levantarse y arrebatárselos, pero no podía hacerlo. El dolor del hombro lo tenía paralizado.

El forcejeo entre el objeto y el pestillo duró algunos segundos. Salvador comenzó a reír. Él mismo había utilizado ese truco muchas veces en su niñez. Fue una risa tímida al principio, que se convirtió en carcajadas histéricas.

Clic.

El seguro se botó.

Salvador dejó de reír.

Hijos de su puta madre.

La puerta se abrió suavemente. Lo primero que vio fue la punta de un cuchillo.

El hombre en llamas se estrelló en un poste y cayó al suelo. Mientras Claudio se acercaba cojeando, el cantinero apareció por una calle lateral y le arrojó una manta para apagar el fuego.

–¿Qué chingados está pasando en este lugar? –gritó Claudio, desesperado.

El cantinero lo ignoró y quitó la manta del cuerpo. Un olor a carne chamuscada inundó el aire. El hombre quemado se quejó unos segundos y después se ahogó en su propia sangre. Su rostro era una masa informe, pero el identificador metálico estaba intacto. Era Stephen. Claudio contuvo las ganas de vomitar.

–¿Está muerto?

–¿A ti que te parece? –dijo el cantinero, alzando la voz–. ¿Que se estaba asoleando? Claro que está muerto. Y seguimos nosotros.

–Lo sé. Mi amigo está en peligro –Claudio señaló hacia el hotel.

–Debieron haberse marchado cuando Dávila se los advirtió. Ahora es demasiado tarde.

El cantinero se incorporó y comenzó a alejarse.

–¡Espere! –Claudio arrastró la pierna–. ¿Dónde está Dávila? Tengo que encontrarlo...

–¿Ya revisaste en la casa de la señora Smith?

–No sé dónde vive. Por favor, ayúdenos.

El cantinero paró y lo miró con enfado.

–Está bien, si eso es lo que quieres, te llevaré allá.

–¿Y mi amigo?

–Nada podemos hacer por él –dijo mientras echaba a andar de nuevo–. Como habrás podido darte cuenta, esta noche no es Nochebuena.

La casa de la señora Smith ocupaba toda una manzana. Tenía un amplio porche con columnas por las que trepaba una enredadera. Era el único hogar del pueblo que estaba adornado con motivos de Halloween: calabazas huecas con velas encendidas descansaban en los alféizares de las ventanas y en las escaleras que conducían a la entrada, y un siniestro espantapájaros se alzaba en el jardín frontal, algo que hacía pensar más en un hombre empalado que en una granja y sus campos de maíz. Tocaron el timbre. Emilio se asomó por un pequeño rectángulo que se abría en la puerta y al reconocer al cantinero los dejó pasar. La casa estaba iluminada con candelabros que sólo alcanzaban a proyectar su luz sobre las cosas más cercanas; daba la sensación de que un mundo paralelo se ocultaba tras las sombras. En la sala se llevaba a cabo un coctel. Claudio notó que todos los invitados eran gringos. Las notas de un vals flotaban en el aire, pero no vio ningún reproductor de música.

–Bueno, ya estás aquí –le dijo el cantinero–. Ahora, si me disculpas, tengo asuntos importantes que atender.

Claudio lo sujetó con fuerza de un brazo.

–¿Qué pasa con ustedes? Afuera hay un hombre muerto y un puñado de niños dementes, pero se comportan como si nada pasara.

–Te equivocas –le respondió–. Estamos preparados. Sólo es cuestión de esperar.

Un hombre de cabellera y bigote pelirrojos se les acercó.

–¿Todo bien, Richard? –preguntó, sin dejar de mirar a Claudio.

–Sí, gracias, Charles. El joven está buscando a un amigo.

–Entonces que lo busque –dijo el pelirrojo, y le ofreció una copa a Claudio.

–¿Te molesto si me devuelves mi brazo? –dijo el cantinero–. Para apagar incendios necesito los dos.

Claudio lo soltó y tomó la bebida. Richard y Charles se alejaron y se reunieron con un grupo cercano. Mientras conversaban, no dejaban de dirigirle miradas furtivas. Incómodo, Claudio arrastró la pierna por la sala y salió a la terraza. Los árboles de la huerta se perdían en la oscuridad. Al fondo distinguió una pequeña luz roja, parecía una libélula que realizaba movimientos erráticos en el aire nocturno. Se aproximó, ocultándose entre los árboles. En una banca conversaban dos personas. Escuchaba el murmullo de sus voces, pero no alcanzaba a oír lo que decían. Un relámpago iluminó momentáneamente la huerta. Vio a Dávila, que sostenía un puro, y a su lado a una mujer de cabello blanco. La señora Smith. Aguzó el oído.

–Es peligroso –dijo la vieja–. Pero todos queremos ver a nuestros hijos una vez más.

Unos minutos después, la señora Smith regresó al interior de la casa y Dávila se quedó pensativo en la banca. El ruido de los grillos pareció elevarse en la huerta, como si los insectos hubieran estado esperando que la vieja se alejara para comunicarse entre ellos. Claudio aprovechó para acercarse al periodista.

–Necesito tu ayuda.

Dávila palideció. Tardó unos segundos en reconocerlo, y luego su rostro se relajó.

–Qué susto me sacaste, cabrón –dijo llevándose una mano al pecho–. Deberías ser más considerado. ¿No ves que es Noche de Brujas? –tiró al suelo la colilla del puro y la aplastó con la suela del zapato–. ¿Qué haces aquí? Les dije que se fueran...

–Los niños nos atacaron en el hotel. Parece que no se calmarán hasta que te presentes ante ellos.

–¿De verdad?

–Dicen que les prometiste escribir su historia.

–¿Sí? ¿Y qué más? –Dávila parecía halagado.

–No tengo tiempo de darte una conferencia de prensa. Salvador está encerrado en el baño del hotel y tiene a esos engendros encima.

–¿Y los demás?

–Fueron al otro pueblo a buscar la gasolina.

Dávila se puso de pie.

–Están jodidos.

–No me digas… tú fuiste el de la sugerencia.

–Lo sé… Pensé que todos los niños vendrían acá, y que ustedes estarían a salvo en el otro pueblo. Pero las cosas no salieron como yo esperaba…

–Ayúdanos. Eres el único que puede hacer algo.

Dávila meditó un momento.

–Está bien. Pero tenemos que salir sin que nos vean. Si los niños me están buscando, tarde o temprano vendrán aquí. Creo que la señora Smith lo sabe, por eso me mandó llamar. Seguramente quiere que los atraiga, es parte de su plan de guerra.

–¿Qué sugieres?

Dávila señaló una de las bardas de la huerta.

–No puedo, me lastimé el tobillo al escapar del hotel.

–Entonces ayúdame a brincar y luego sal por la puerta. No creo que tú les importes.

Claudio asintió. Se acercaron en silencio a la pared, procurando no ser vistos. Dávila apoyó un pie en la cuña que Claudio formó con sus manos y se impulsó hasta alcanzar el borde. Después se encaramó y se sentó en la cima.

–Te veo en el frente –le dijo, y se descolgó hasta el otro lado.

Claudio cruzó la huerta cojeando y se metió a la casa. Miró al suelo mientras atravesaba la sala. Abrió la puerta y salió al porche, aliviado. Cuando bajaba las escaleras, escoltado por las calabazas sonrientes, la señora Smith salió de entre las sombras.

–Es una hermosa noche de octubre, ¿no es así, jovencito?

La oscuridad rodeaba a Claudio. Estaba en una habitación, pero no se distinguía nada a su alrededor. Se sentía exhausto y culpable. Había abandonado a Salvador en el cuarto de hotel, en lugar de quedarse a su lado y pelear contra aquellos niños. Y ahora tampoco podía ayudar a Fernanda y a Julián. ¿Los vería de nuevo? Apretó los ojos y los volvió a abrir varias veces, buscando despertarse de un mal sueño, pero la penumbra seguía envolviéndolo. Intentó recordar cómo había comenzado esa pesadilla. ¿Por qué tomó la desviación? Ni siquiera lo sabía. Una decisión impulsiva, tomada en segundos, los había metido a todos en aquel problema. Él era el único responsable.

Cuando salió al porche y se topó con la señora Smith, siguió de largo, ignorándola, pero el mozo lo interceptó y lo noqueó de un puñetazo. Después se había despertado en aquel cuarto oscuro, atado a una silla. Ahora todo dependía de Dávila. ¿En verdad haría algo por ayudarlos? Él mismo no había hecho nada por su esposa ni sus amigos. ¿Qué esperaba de un extraño?

La puerta de la habitación se abrió y una sombra se le aproximó. Claudio pudo oler el perfume rancio de la señora Smith. Un olor muy similar al que tiene la ropa que ha estado guardada demasiado tiempo en un cajón.

–Usted disculpará la rudeza de Emilio, jovencito, pero no podíamos permitir que se marchara.

–¿Qué quiere de mí?

–Todo a su tiempo. Emilio está reconectando la luz y entonces podremos negociar.

–¿Qué vamos a negociar?

La televisión se encendió. En la pantalla reverberó el color azul del canal muerto. La señora Smith sonrió, complacida.

–Tú, nada, jovencito. Voy a ofrecerte a cambio de mi hijo.

II. Childrentown

Los pinos crecían apretadamente a los costados del sendero, creando una pared de troncos. Daba la sensación de que alguien había partido las aguas y que en cualquier momento el río de madera volvería a cerrarse. En el camino fueron encontrando rastros de los niños: una muñeca de plástico con las cuencas vacías, la llanta de una bicicleta con los rayos rotos y torcidos, un gorro de arlequín cuyos cascabeles sobresalían entre las ramas y las hojas, como si debajo estuviera enterrado el que lo portaba. Julián extrajo la grabadora de la bolsa de su pantalón y se la mostró a Fernanda.

–La tomé del cuarto de Dávila. ¿Qué crees que contenga?

–Ni idea… Se va a enojar cuando se dé cuenta de que se la robaste.

–Sólo la tomé prestada. Puede contener información importante. ¿La oímos?

Fernanda encogió los hombros. A esas alturas, más que enfadada o asustada, parecía aburrida. Julián accionó el botón reproductor. La voz de Dávila brotó de la bocina. Conversaba con uno de los niños.

–Entonces, en castigo, los trajeron y los dejaron toda una noche aquí.

–Sí. Pero fue injusto, porque lo que hicimos fue una broma. Robamos los disfraces de la tienda del señor Robertson cuando dormía, nos los pusimos y luego subimos a su cama a despertarlo. Fue muy divertido. Todos nos reímos con la cara que puso, pero luego se quedó tieso… su corazón se paró.

–¿Y qué sucedió la primera noche que pasaron aquí?

–No fue la primera. Siempre nos castigaban dejándonos aquí. Pero esa noche fue diferente. Había una tormenta y todos teníamos miedo. Lucy intentó regresar a casa, pero un rayo la alcanzó en el bosque. Se había perdido, la encontramos cerca de la subestación de luz… Nos pusimos muy tristes, pero luego entendimos que fue su muerte lo que lo despertó a él…

–¿Quién es él?

–El que no nos desampara ni de noche ni de día.

–¿A quién te refieres?

–Ya te lo dije. Con él hicimos un trato: quedarnos siempre así para no ser como nuestros papás.

Julián detuvo la grabadora. Habían llegado al final del sendero. Frente a ellos se extendía un silencioso pueblito de casas de madera. Tenía un granero y un pozo para extraer agua. Y estaba perfectamente iluminado.

–¿Ya te fijaste? –le dijo Fernanda.

–¿En qué? –respondió Julián, hechizado por el resplandor fantasmal del pueblo en medio de la noche.

–Aquí no hay ninguna gasolinera.

Caminaron por ese lugar que parecía un parque de diversiones abandonado. Todo era pequeño y simétrico; los detalles estaban destinados para agradar a los visitantes: las veletas en los techos de las casas, las mecedoras en los porches, los abrevaderos rectangulares para caballos inexistentes. Pero la perfección del pueblo era alterada por la pintura descascarada en las paredes, los jardines descuidados y las ventanas rotas. Un sueño idílico erosionado por el paso del tiempo. Fernanda trató de imaginar cómo era el sitio cuando estaba recién construido y ni así le agradó. Era una fantasía adulta encogida para necesidades infantiles. Si en verdad vivían ahí solamente niños, como afirmaba Dávila, ¿cómo serían?

–¿No sientes que hay *algo* en la electricidad? –le preguntó Julián, rompiendo el silencio.

–¿Como qué?

–Algo como... una presencia.

–No te des cuerda. Es normal que el aire se electrifique antes de una tormenta.

–Hay algo más. Lo sentí también en el otro pueblo.

–Creo que es momento de regresar –dijo Fernanda, con tono maternal–. Los delirios de borracho de Dávila están comenzando a afectarte.

–No nos conviene volver ahora. La tormenta nos pescaría en pleno bosque.

–¿Y qué sugieres? ¿Qué alquilemos una habitación en *Childrentown*, como lo bautizó Salvador? Aquí no hay nadie. Dávila es un fraude.

–Te equivocas –dijo Julián, deteniéndose–. Allí hay alguien –su mano señaló hacia la casa más grande del pueblo.

–Genial. ¿Por qué no les tocas y les pides un poco de gasolina? Se ve que aquí la necesitan mucho…

Julián se puso un dedo en la boca, pidiéndole a Fernanda que guardara silencio, y le indicó con la cabeza que lo siguiera. Se acercaron a la casa, subieron las escaleras que llevaban al porche y se pegaron a la pared. Luego, con cautela, se asomaron a una de las ventanas. Adentro había una veintena de niños disfrazados e hincados en torno a un viejo y enorme televisor. Tenían las palmas de las manos juntas y las cabezas inclinadas, como si le rezaran al aparato. A Julián no le extrañó que le elevaran plegarias al ojo sin párpado, al canal azul y muerto que había visto como una presencia ubicua desde que el coche los dejó varados en aquel lugar. Un haz de luz cayó sobre sus rostros. Era una linterna que los iluminaba desde la planta alta de una de las casas de enfrente. Julián sintió una punzada en el estómago. Tomó a Fernanda de un brazo y le dijo en voz baja:

–Nos han descubierto.

Cuando vieron los juguetes, comprendieron que estaban en peligro.

Se habían deslizado hasta la parte trasera de la casa, evadiendo el haz de luz delator.

–Es el mejor lugar para escondernos –dijo Julián–. No nos buscarán dentro de la casa donde están ellos.

–¿Por qué les tienes miedo? Sólo son unos niños...

–No estoy muy seguro de eso.

Encontraron una puerta con mosquitero que conducía al interior y otra más pequeña; Julián pensó que podría ser una bodega y se decidió por ella. La abrió, procurando no hacer ruido y entraron; el olor a humedad y encierro apenas los dejaba respirar. Cuando Fernanda accionó el interruptor de la luz pudieron darse cuenta de que estaban en un cuarto con estantes de madera repletos de juguetes. Al principio no lo notaron, pero al acercarse comprendieron el siniestro espectáculo: las muñecas de plástico tenían alfileres clavados en la cara y en el cuerpo, los animales de peluche estaban decapitados y sus cabezas descansaban a un lado; otros juguetes colgaban ahorcados o yacían desnudos y encimados simulando posiciones sexuales. Fernanda y Julián se miraron a los ojos y salieron de ahí sin decir palabra. Caminaron con paso rápido por el corredor trasero de las casas, observando constantemente por encima de sus hombros. Ella ya no hacía bromas. Un relámpago partió el cielo nocturno y una lluvia helada comenzó a caer. La puerta trasera del granero apareció ante ellos providencialmente. Entraron, sintiendo el alivio de ponerse bajo techo. El lugar estaba a oscuras, pero distinguieron al fondo la escalera que llevaba al tapanco. Subieron. Arriba había montones de paja y una ventana circular; a través de ella vieron a los niños, que los buscaban en medio del aguacero. Algunos llevaban machetes.

–¿Qué sitio es éste? ¿Quiénes son esos niños? –dijo Fernanda, asustada. Los cabellos mojados le caían sobre la cara. Su pecho subía y bajaba aceleradamente; los pezones erectos resaltaban bajo la blusa empapada.

–No lo sé... lo mejor es escondernos aquí.

Se tumbaron entre la paja. Sus rostros quedaron frente a frente; las bocas abiertas y las respiraciones agitadas. Julián besó a Fernanda con desesperación, mordió sus labios y succionó su lengua. Ella le puso una mano en la entrepierna y apretó con fuerza. Julián respondió pellizcándole los pezones. Fernanda arqueó la espalda y soltó un prolongado gemido. Después giró y se sentó sobre Julián; se quitó la blusa y el sostén con la misma urgencia e, inclinándose, restregó los pechos puntiagudos contra su rostro. Luego le abrió el cierre, extrajo la verga erecta y comenzó a masturbarlo. "Métemela", le murmuró al oído. "Métemela toda". Julián jadeaba, a punto de venirse, pero Fernanda se detuvo. Al fondo del tapanco detectó algo. Eran unos ojos que observaban en la penumbra.

El sonido del silbato atravesó como una daga sus oídos.

Fernanda había pensado primero que se trataba de un animal, algún tipo de felino: le podía ver los bigotes en la oscuridad. Pero cuando una mano humana se movió en la penumbra y se llevó el silbato a la boca, se dio cuenta de que era uno de los niños. Lo que más le aterró no fue que los hubiera descubierto y que diera la señal de alarma a los demás, sino el hecho de que los espiara perversamente desde las sombras. Estaba segura de que, si no lo hubiera visto, el niño habría dejado que continuaran tocándose sin dar la alarma hasta que terminaran.

–Vámonos de aquí –dijo, poniéndose la blusa, más enojada que asustada–. Esto ya se jodió.

–Me lleva la chingada –Julián la siguió por las escaleras del tapanco con una erección dolorosa y aturdido por los constantes silbatazos del niño.

Salieron a la lluvia y se dirigieron hacia el sendero, pero un grupo de niños surgió de los árboles y les cerró el paso. El resto se aproximaba lentamente por la derecha, atraído por el ruido del silbato. Fernanda y Julián echaron a correr y se adentraron en la parte del bosque que se extendía a su izquierda; el resplandor de la luz del pueblo les ayudaba a esquivar los troncos. Minutos después salieron a un claro y se detuvieron a recuperar el aliento. Ahí se alzaba, zumbando bajo la tormenta, la subestación de luz que alimentaba a los dos pueblos. No tuvieron tiempo de recuperarse; las voces de los niños se escuchaban a sus espaldas. Reanudaron la carrera y rodearon la subestación por un costado. Julián tropezó y rodó por el lodo. El resplandor del pueblo ya no llegaba hasta ahí, pero los relámpagos les revelaron un terreno sembrado de piedras. Tenían formas simétricas y caracteres grabados. Fernanda ayudó a Julián a levantarse y lo condujo hasta una piedra rectangular, parte de una construcción enterrada. Se escondieron detrás de ella, exhaustos.

–¿Estás bien?

–Sí, sólo me raspé un brazo.

–¿Ya te diste cuenta dónde estamos?

–Ni puta idea –Julián respiraba con dificultad.

–Son ruinas prehispánicas –dijo Fernanda, mientras pasaba los dedos por los relieves de la piedra–. La subestación está construida sobre ellas.

La tormenta amainó y se transformó en llovizna. Sin embargo, los relámpagos continuaban haciendo grietas amarillas en el cielo.

–Los niños nos dejaron escapar –dijo Julián, vigilando por encima de la piedra–. Cuando salimos del granero pudieron habernos alcanzado...

–No se te olvide que son niños –Fernanda continuaba analizando los jeroglíficos–. Esto no es más que un juego para ellos.

–Pues entonces juguemos. Un-dos-tres por mí y por todos mis compañeros... ¿Qué tanto miras?

–Conozco a esta deidad. La estudié en la facultad.

–¿Qué es?

–No estoy segura... En lugar de un pie tiene un espejo.

–Haz memoria, puede ser importante.

–Estamos en territorio que fue habitado por mexicas.

Tiene que ser un dios del panteón azteca... Claro, ya recuerdo: es el Tezcatlipoca Negro.

–Muy bien. Ahora dímelo en español.

–Es el hermano antagónico de Quetzalcóatl. Dios de todo lo relacionado con la noche, las epidemias y las guerras.

Julián se acercó para mirar la figura.

–Carajo, no suena muy amigable. ¿Estás segura? La piedra está muy desgastada, no se distingue bien.

–Por supuesto que es Tezcatlipoca. A eso me dedico, ¿recuerdas? Esto debió ser un templo en honor a él.

–Eso explica algunas cosas...

Fernanda lo calló con la mano. Escucharon el ruido de unas pisadas acercándose. Había dejado de llover y el cielo comenzaba a despejarse. La luna en cuarto menguante asomó entre las nubes.

El ruido de las pisadas creció a su alrededor.

Una rama se quebró, muy cerca de ellos.

Luego, una voz en la oscuridad:

–Dulce o truco.

Era un recuerdo que procuraba evitar. Pero ahora, viendo los dibujos que los niños habían hecho en las paredes del cuarto, no lo pudo reprimir. Fernanda tendría diez u once años. Se suponía que se trataba de "una prueba". Si quería formar parte del club que tenían sus compañeras de clase, debía permanecer encerrada en el baño de hombres que estaba al fondo del pasillo durante todo el recreo. Ella era nueva; la habían transferido de escuela a medio curso y le urgía hacer nuevas amigas, así que aceptó. Pero lo que no sabía era que todos los alumnos que tomaban clase en esa área de la escuela estaban de acuerdo, y la dejaron ahí el resto del día. Lloró, golpeó la puerta, suplicó, pero nadie vino a rescatarla hasta que un conserje la escuchó, mucho tiempo después de que sonara el timbre de salida. Durante las horas que pasó encerrada, lo más desagradable no fue el penetrante olor a meados, ni el hambre ni la sed, ni las propias ganas de orinar que tuvo que aguantarse –los retretes estaban asquerosos: sus compañeros se habían encargado especialmente de ensuciarlos y llenarlos de porquerías antes del recreo–. Lo que más la impresionó fue la galería que ilustraba las paredes del baño y las divisiones de los mingitorios: una serie de dibujos obscenos y frases cargadas de odio hacia directivos, maestros y compañeros de la escuela. En un rincón descubrió una dedicada a ella: "Fernanda, eres una puta, te la voy a meter por la boca". Nunca supo quién la amenazaba de esa forma, pero se pasó el resto del curso buscando señales en los gestos de los alumnos. Nunca, además, se había sentido tan vulnerable. Y, probablemente desde entonces, dejó de ser una niña despreocupada. Ahora, mientras observaba los dibujos junto a Julián, después de que los niños los rodearon en el bosque y los trajeron de regreso al pueblo para encerrarlos en esa habitación, comprendió que su ruta de iniciación hacia la adolescencia había comenzado con la palabra paranoia. Y entendió también que los dibujos de los niños del pueblo tenían el mismo contenido que la galería del baño de su infancia: un resentimiento hacia el mundo adulto, una necesidad de revancha y de liberación ante la tiranía autorizada. Si se les miraba bien, los trazos que tenía frente a ella contaban una historia que podría reconstruirse con la ayuda de la información contenida en la grabación de Dávila: la de unos niños que les estorbaban a sus padres, la de un lugar que fue construido como casas de campo pero que acabó siendo un campo de concentración... una prisión en la que optaron por quedarse.

–¿Cuánto crees que tarden? –le preguntó Julián.

–¿Perdón? –dijo Fernanda, saliendo de sus pensamientos.

–En hacernos daño... una vez que se aburran de jugar con nosotros.

–Quizá no nos lastimen. Lo que quieren es que su historia se sepa. Por eso buscan a Dávila, por eso nos trajeron aquí.

Julián le señaló la figura de un ángel negro que aparecía repetidamente en los dibujos de las paredes.

–"El que no nos desampara ni de noche ni de día", dijo el niño en la grabación. El Tezcatlipoca Negro... Lo vi también en un cuadro del cuarto del hotel.

–Supongo que tienes una teoría al respecto.

–Sí. Piensa en esto: hoy es la víspera del Día de Todos los Santos, una celebración milenaria cuyo significado está asociado al regreso de los dioses paganos a la vida. A lo mejor estoy loco, pero ese dios prehispánico se está manifestando en la electricidad...

Fernanda meditó unos segundos.

–El Tezcatlipoca Negro es el patrono de la casa de los jóvenes. Tenía una orden religiosa dedicada a su culto... integrada sólo por menores. ¿Será posible que los niños del pueblo estén en contacto con él y que confundan a esta deidad maligna con un ángel protector?

–Algunas cosas comienzan a encajar... Pero no son niños. La grabación de Dávila deja claro que hicieron un pacto con Tezcatlipoca para no crecer. Piensa en las torturas a sus juguetes, en estos dibujos y en su actitud agresiva: todo refleja un rechazo al mundo infantil, pero también al adulto... Son algo indefinido, una mezcla siniestra de la ingenuidad y la crueldad infantiles con las pulsiones violentas de los adultos. Y están secos por dentro, como si los hubieran rellenado con la paja que hay en este lugar.

–Pobres niños...

En ese momento, la chapa de la puerta giró.

–Me temo –dijo Julián, retrocediendo– que muy pronto dejarás de sentir lástima por ellos.

–Váyanse. Sus amigos están en graves problemas.

Era Dávila el que había entrado al cuarto. Se aseguró de que no hubiera nadie en el pasillo y volvió a cerrar la puerta.

–Busquen la casa de la señora Smith. Es la que tiene un espantapájaros en el jardín.

–¿Y los niños? –dijo Julián.

–Por ahora me hacen caso. Les dije que les permitieran marcharse.

–¿Tú qué harás? –preguntó Fernanda.

–Me las arreglaré para engañar a los niños y apagar la subestación eléctrica. Todo el problema viene de ese sitio.

–Creo que tienes razón –dijo Julián–. Pero puede ser peligroso. No es sólo luz lo que hay ahí...

–Lo sé. Y el señor Smith también lo sabía. Hace un año quiso apagarla, pero los niños lo mataron antes de que lo consiguiera.

–¿Podrás hacerlo tú solo?

Dávila extrajo de la bolsa de su saco una pequeña cámara digital y se las mostró.

–Tengo un último truco –dijo, guiñándoles un ojo–. Confíen en mí.

Fernanda y Julián salieron de la casa. No se veía ningún niño. Se habían esfumado, como si hubieran sido parte de un mal sueño. Pero en el suelo enlodado yacía un recordatorio: una máscara de periódico y engrudo, como la que habían visto en la tienda de disfraces. Parecía una cabeza decapitada que los observaba con sus ojos vacíos. Se dirigieron hacia el sendero con paso firme. Cuando se adentraron en él, un niño surgió de los árboles y se plantó frente a ellos. Era rubio y tenía ojos verdes. La lluvia le había deslavado el maquillaje y sólo le quedaban unas profundas ojeras, que escurrían como lágrimas negras.

–Voy con ustedes –les dijo–. Mamá y yo tenemos un asunto pendiente que arreglar.

–Si eres escritor y también puedes contar nuestra historia, entonces cuéntanos un cuento –le habían dicho los niños, probándolo.

–Pero que sea nuevo, si no, no vale.

–Y no trates de engañarnos: nos sabemos todos los cuentos del mundo.

¿Qué historia podía decirles? Sabía que si no los atrapaba desde las primeras frases, lo matarían inmediatamente. Además, él nunca había escrito algo para niños; de hecho, su especialidad eran los relatos eróticos. Más de alguna vez le propusieron participar en una colección dedicada a menores de edad, pero solía responder con evasivas. Mala decisión. Los niños nunca le interesaron, ni siquiera cuando estuvo casado. "Un hijo te cambia la vida", le decían en las reuniones familiares; los hermanos y primos cargando tres escuincles al mismo tiempo, ni siquiera se podían sentar a tomar una cerveza con tranquilidad. "En eso estamos de acuerdo", les respondía. "Y yo no quiero que me cambie". Le molestaba esa actitud autómata con la que la mayoría de los matrimonios decidía embarazarse, poblando el mundo como langostas. Naces, te reproduces y mueres. Tenía que haber algo más. Algunas veces la gente concebía motivada por ideas aterradoras. Un amigo suyo, alcohólico ejemplar, le confesó el chantaje de su mujer: "Como tú te vas a morir muy pronto, quiero que me quede algo tuyo". Otros se embarazaban para salvar sus matrimonios y sus vidas del aburrimiento. "Los hijos son el opio del pueblo", lo había leído en alguna parte. Siempre evitó el contacto con sus sobrinos; también le enfadaba ese comportamiento de los papás que enjaretaban sus hijos al primer ingenuo en las comidas o fiestas. "Encárgate tú, yo ni siquiera cogí", pensaba con enfado. Era paradójico que ahora su vida estuviera en las manos de un puñado de niños. Ojalá supiera más de ellos, de su manera de pensar y comportarse. Debió haberlos observado con mayor detenimiento.

"Los niños, o propios o disecados". La frase de la abuela vino a su mente.

Sí, eso era. Ahí podría haber una historia.

Y Salvador comenzó a contarla.

La señora Smith se colocó detrás de Claudio y le puso las manos sobre los hombros. Sus uñas se le clavaron como garras en la piel. Se había soltado el cabello y eso la hacía parecer más vieja. Su aliento olía a flores podridas.

–¿Sabes una cosa, jovencito? Tú y tus amigos tuvieron mucha suerte, pero no se dan cuenta de ello.

–¿Habla en serio? Desde que llegamos aquí todo se fue a la mierda.

–No me refiero a eso –la señora Smith levantó una mano y comenzó a acariciarle el cabello–. ¿Alguna vez te has mirado al espejo y has quedado satisfecho de ver cómo envejeces? ¿De cómo se te van marcado las primeras arrugas y las entradas del cabello? Me imagino que no, a nadie le gusta eso. Es la vanidad de los humanos. Pero es una bendición. Los niños sueñan con lo que van a ser de grandes, pero no todos llegan a crecer. Al menos no en este lugar.

La pantalla del televisor cambió y apareció la ventisca de nieve de la estática.

–Aquí viene –dijo la señora Smith, excitada–. Mantengo la luz desconectada para que no me espíe, pero ahora hablaremos frente a frente.

Sin que ese fondo borroso se quitara, surgieron algunas imágenes distorsionadas que fueron cambiando con rapidez. Claudio distinguió un jaguar, un campo de maíz, una mano que ofrendaba un corazón. Asustado, intentó zafar sus manos de las cuerdas, pero estaban muy apretadas. Resignado, desvió la vista del televisor.

–Observa, idiota –la señora Smith lo jaló del cabello, obligándolo a mirar–. Pocas veces tiene uno la oportunidad de atestiguar algo como esto.

–¿Y qué carajos es eso?

–Eso, jovencito, es el Señor de las Encrucijadas, el hombre-búho, el regreso de la noche sin fin…

La puerta se abrió y entró Emilio.

–Llegas justo a tiempo –la señora Smith le sonrió y volvió a clavar su mirada en la pantalla.

Emilio se persignó. Después atravesó el cuarto con paso firme, tomó a la señora Smith de los brazos y la arrastró hasta el clóset que estaba en la pared del fondo.

–¿Qué haces? ¡Imbécil! –aulló la vieja.

Emilio la empujó dentro, cerró la puerta y le echó

llave al cerrojo. Claudio lo miró, sorprendido y aliviado al mismo tiempo.

–Desátame, rápido. Aquí todos están locos.

El mozo negó con la cabeza. Dentro del clóset la señora Smith gritaba, histérica.

–No vine a ayudarte –dijo Emilio, sacando una navaja de la bolsa trasera de su pantalón–. Mi hijo está entre esos niños. Lo siento: voy a sacrificarte para que Tezcatlipoca me lo devuelva.

Iván odiaba la Navidad.

Tenía muchos motivos para hacerlo. Hacía tres años, su mamá había muerto durante esas fechas al dar a luz al pequeño Daniel; su papá nunca le daba regalos y no tenía más familiares con quien compartir las fiestas. Siempre estaba solo: su hermanito había sido dado en adopción y su padre, que se dedicaba a cazar animales, nunca estaba en la casa. En cambio, sus compañeros de la escuela sonreían y esperaban con ansia la llegada de Santa Clos. Pero el principal motivo por el que Iván detestaba la Navidad era porque todas las noches, durante esa temporada, escuchaba el llanto de un niño. A veces parecía llegar a través de la ventana de su cuarto, otras desde dentro de su propia casa. Iván sabía que los gatos podían producir ruidos semejantes al llanto de un bebé, así que se levantaba de su cama y abría las cortinas para espiar las azoteas cercanas, pero nunca veía alguno. Y el llanto no cesaba. A veces ya estaba profundamente dormido, y ese lamento se metía en sus sueños hasta despertarlo. Cuando eso sucedía, abría los ojos, empapado en sudor, sintiendo que el llanto provenía de su cuarto, como si alguien estuviera en la cama de al lado, la cama que siempre estaba vacía porque era la que su hermanito iba a ocupar ya que creciera. Le había pedido a su papá que no lo regalara, pero él no le hizo caso. De hecho, nunca le hacía caso. Prefería a los animales. Siempre salía con su escopeta al bosque cercano. Regresaba horas después, se metía al taller, le sacaba las entrañas a su presa y colocaba la cabeza en la pared de la sala, junto a las otras…

Salvador se detuvo. El dolor en el hombro era intenso y le restaba concentración. Dudó unos segundos sobre cómo continuar su relato. El gordo disfrazado de indio, quien escuchaba atentamente, colocó una flecha en el arco y tensó la cuerda con sus dedos rollizos. Le apuntó directamente a la cabeza.

–No te detengas –le dijo.

Salvador pensó en Sherezada.

Ahora te entiendo… Qué trabajo de mierda.

Emilio colocó el cuchillo en la garganta de Claudio. La pantalla había vuelto al imperturbable azul del canal muerto. Justo cuando sintió que el filo se hundía en su carne, la puerta del clóset se abrió con una lluvia de astillas. La señora Smith emergió de él con los ojos inyectados en sangre. Le habían crecido el cabello y las uñas. Se veía más vieja, pero más fuerte también. Lanzó un chillido agudo y se arrojó sobre Emilio; ambos cayeron encima de Claudio y la silla se quebró. El cuchillo rodó por el suelo. Emilio se arrastró tras él, pero la señora Smith lo sujetó del pantalón y lo jaló hacia ella. Claudio aprovechó para liberarse de las cuerdas, que se habían aflojado. Se levantó aturdido y se llevó una mano al cuello. Le brotaba sangre de una herida superficial. Escuchó un grito. La señora Smith se había encaramado sobre Emilio y le encajaba sus garras en los ojos. Claudio reaccionó y se aproximó cojeando al televisor. Lo tomó entre sus manos y lo levantó; esperó a que la señora Smith terminara de hundir sus uñas en las cuencas sangrantes de Emilio y después se lo arrojó en la cabeza. Una lluvia de chispas brotó tras el impacto. Claudio arrastró la pierna hasta la puerta de la habitación y la abrió. Se asomó con cautela, temeroso de que los ruidos de la pelea hubieran alertado a los invitados, pero en el pasillo sólo se escuchaba la música proveniente de la planta baja. Antes de salir, lanzó una última mirada al interior del cuarto. Emilio, ciego, tanteaba el suelo en busca del cuchillo. La señora Smith yacía inerte. Un charco de sangre comenzaba a formarse al lado de su cabeza. Claudio continuó viéndola. Sabía que tenía que irse, salir corriendo de ahí, pero algo dentro de su cabeza le dijo espera… Observa. Sólo un segundo más. Y entonces ocurrió.

La garra de la señora Smith se levantó del suelo y apresó el tobillo de Emilio.

Una noche, continuó Salvador, el llanto del niño se escuchó con más fuerza. Iván permaneció en su cama, escuchando en medio de la oscuridad, intentando identificar de dónde provenía. Era dentro de su casa. ¿Pero de qué parte? Aguzó el oído. La planta baja... Se armó de valor, apartó las sábanas y se levantó. Caminó con paso lento y salió al pasillo. El llanto se oía con mayor claridad. Fue hasta la habitación de su padre. Abrió la puerta con cautela, sólo unos centímetros, y se asomó. Quería decirle ven conmigo papá, acompáñame, abajo hay un niño que llora. Pero él dormía profundamente. Nada parecía perturbar sus sueños, que Iván imaginó poblados de animales decapitados que corrían por el bosque en busca de sus cabezas. Cerró la puerta y comenzó a bajar los peldaños de la escalera muy despacio. Uno por uno. No quería que el crujido de la madera bajo sus pies lo delatara. El trayecto se le hizo interminable, era como si los escalones continuaran brotando del suelo igual que flores. Mientras tanto, el llanto llegaba hasta sus oídos, como si lo llamara, como si le dijera ven hasta mí, por favor, encuéntrame. Era un lamento de profunda soledad y abandono. Al fin llegó a la planta baja. Podía regresar a su cuarto, dar la vuelta y olvidar todo, pero el llanto le decía por favor... Provenía de la sala, ahora no tenía duda. ¿Era posible que se tratara de los animales decapitados, que guiaban a sus cuerpos en medio de la noche para que los encontraran? Entró a la sala y observó la galería de cabezas colgadas en las paredes. Pero no eran ellos. El llanto era humano. Pero, ¿dónde? Entonces lo entendió todo. Se aproximó hasta el nacimiento que su papá colocaba con esmero cada Navidad, el único gesto festivo que realizaba en aquella época. Estaba conformado de piezas grandes y para montarlo guardaba algunos muebles en el cuarto de servicio. Iván se plantó frente al pesebre y miró con horror al Niño Dios: su rostro congelado, los labios abiertos en una mueca de la que salía el llanto, los ojos demasiado humanos, demasiado parecidos a los de su hermano Daniel, suplicando, suplicando, suplicando…

Cada paso que daba era como si le enterraran un puñado de alfileres en el tobillo. Claudio caminó sosteniéndose de las paredes. Al fondo del enorme pasillo estaban las escaleras. Sintió una presencia detrás de él y giró la cabeza: la señora Smith había salido de la habitación y se arrastraba por el suelo como un gusano. Intentó acelerar el paso. Sabía que, si caía, no podría volver a levantarse y quedaría a merced de esa… cosa. Avanzaba, sudando copiosamente, pero sentía que no se acercaba a las escaleras. Incluso le parecían cada vez más lejanas. Es sólo un efecto óptico, causado por la desesperación, pensó. Le era difícil concentrarse: podía escuchar el ruido que hacía la señora Smith al frotar sus uñas en la alfombra, desgarrándola para impulsarse. Buscó inútilmente algo más que arrojarle encima; el pasillo estaba vacío, ni siquiera había cuadros en las paredes. De pronto la sintió justo atrás suyo, arañándole los talones. Miró atrás y la vio alzar su garra hacia él, pero se dio cuenta de que no intentaba agredirlo, era un gesto suplicante. Observó su rostro chorreado de sangre, los labios que se movían trémulos, incluso la escuchó murmurar "Ayúdame". Claudio apretó los dientes y continuó avanzando hasta que consiguió llegar a la escalera. Tomándose del pasamanos empezó a bajar los escalones uno por uno, brincando con el pie bueno. Minutos después llegó a la planta baja, exhausto. Alzó la cabeza: la señora Smith ahora se arrastraba escaleras abajo y a su rostro había regresado la ira. En la sala, los invitados continuaban con la reunión, ajenos a lo que ocurría al pie de la escalera. Claudio hizo un último acopio de fuerzas y salió de la casa. Dejó nuevamente atrás las calabazas, el espantapájaros y no pudo más. Ambas piernas se le doblaron en medio de la calle. La vista se le nubló y se desvaneció mientras contemplaba el cielo plagado de estrellas.

Cuando recuperó el conocimiento, vio una serie de rostros borrosos encima de él. Creyó que despertaba de un sueño. Claro, todo ha sido una pesadilla. Hemos tenido un accidente en la carretera, estos son los mirones que salen de la nada en cada tragedia, pronto vendrá la ayuda…

Se frotó los ojos y observó a su alrededor. Seguía tirado sobre la calle. La primera cara que reconoció fue la del cantinero.

Los niños abandonaron el baño en silencio. Sólo permaneció el gordo, que aún le apuntaba con el arco. Salvador sintió ganas de decirle: "Vamos, hijo de puta, dispara de una vez. Mátame y cocíname. Mi carne saciará tu hambre pero te hará mucho daño por todo el odio que traigo dentro. ¿Quieres darme una mordida de una vez, así, crudo?". Sin embargo, eso no sucedió. El gordo bajó el arco, se le acercó y, para su sorpresa, le ayudó a levantarse. Le ofreció su hombro para que se apoyara y después salieron al pasillo del hotel.

–Podría quitártela –le dijo el gordo, señalando la flecha–, pero te desangrarías más rápido.

Su voz era muy aguda y sonaba absurda proviniendo de un niño tan corpulento. Casi la voz de una mujercita, pensó Salvador.

–No me digas –respondió–. ¿Eres indio o *boy scout*?

Afuera del hotel esperaba el resto de los niños. Se unieron a ellos y echaron a andar calle abajo.

–¿A dónde me llevan?

–A una fiesta –dijo el gordo.

–Carajo, con las ganas que tengo de bailar.

–A mí no me gusta bailar –dijo el gordo, haciendo un mohín.

–Hombre, anímate –Salvador comenzaba a sentir simpatía por él. Se había relajado tras el tenso episodio del baño y ahora lo invadía una extraña euforia–. Y dime una cosa, ¿hay alcohol? En este momento me dejaría llenar el cuerpo de flechas como San Sebastián a cambio de un trago.

–Es una fiesta de adultos, seguro que habrá. Pero no creo que te dé tiempo de tomarte uno.

–No seas aguafies...

Salvador se interrumpió. En ese momento pasaron junto al cadáver del hombre del mostrador.

–Mierda, a él sí que no le dio tiempo. ¿Qué le pasó?

El gordo sonrió.

–Ese señor no sabía contar historias.

Salieron del bosque y entraron en las calles silenciosas del pueblo. El niño había caminado delante de ellos en el sendero, sin prestarles mucha atención, pero ahora iba en medio de los dos, resguardándose entre sus piernas. Fernanda sintió su mano pequeña sujetando la suya. Callosa y fría. Era repugnante, pero no se atrevió a rechazarla.

–¿Cómo te llamas? –le preguntó.

–Jonathan.

–¿Y te apellidas?

–Smith.

Una ráfaga de viento helado les revolvió los cabellos.

–¿No tienes frío? Julián te puede prestar su chamarra.

Jonathan negó con la cabeza.

–¿Seguro?

–Nunca siento frío. Ni calor...

–¿Hace cuánto que viven en ese lugar? –Julián intervino.

–No recuerdo.

–¿Y no extrañas a tú mamá?

Jonathan permaneció en silencio unos segundos.

–No –dijo, y apretó la mano de Fernanda.

Pasaron de largo la iglesia. La luna se reflejaba en los charcos dejados por la lluvia.

–Entonces, ¿por qué quieres ir a verla?

El niño se llevó el dedo gordo a la boca y comenzó a chuparlo. Un gesto que no le correspondía: debía tener ocho o nueve años.

–Anda, dinos –insistió Julián–. ¿Para qué quieres visitarla?

Jonathan retiró el dedo. Antes de regresarlo a su boca, contestó:

–Porque mamá mató a papá.

Dávila observó cómo los niños jugaban con la cámara. Les había enseñado a usarla y ahora la utilizaban para filmarse unos a otros. Corrían de una casa a otra, se escondían, gritaban y reían. Aprovechó esa algarabía para alejarse lentamente hacia el bosque, sin perderlos de vista. Una vez que estuvo entre los árboles, apuró el paso y se dirigió hacia la subestación eléctrica. No quiso imaginar lo que encontraría o lo que podría pasarle. Iba decidido a apagarla. Pensó en la pequeña Lucy, cuya muerte inició todo. El derramamiento de su sangre había despertado un inframundo que yacía, latente, bajo aquellos dos pueblos. Salió al claro y corrió, guiado por la luna, hasta la reja que rodeaba la subestación. Estaba vencida en diversos puntos y le fue fácil traspasarla. Buscó el interruptor principal, mientras el miedo iba creciendo dentro de él, envolviéndolo en una burbuja que lo aislaba del mundo real; era como estar despierto en una pesadilla ajena. Lo encontró a los pocos minutos. Puso su mano sobre la palanca y miró a su alrededor: nadie lo había seguido. Intentó recordar alguna plegaria; ninguna vino a su mente, así que cerró los ojos y tiró hacia abajo. El zumbido de la planta languideció hasta extinguirse por completo. Cuando abrió los ojos, le sorprendió encontrarse ileso. A lo lejos, el resplandor del pueblo había desaparecido.

Emprendió el camino de regreso con más miedo que antes. No podía ser tan fácil. Había apagado la subestación y nada se lo había impedido. Caminó a tientas entre los árboles y después avanzó en medio de las casas oscuras, buscando a los niños. Llegó hasta el pozo sin toparse a ninguno. Tampoco escuchaba sus voces. Sólo se oía el viento agitando las copas de los pinos. De pronto, la luz volvió a encenderse en el pueblo. Iluminó las calles y las casas con una intensidad que le lastimó las pupilas. Levantó una mano para protegerse. Y entonces la vio, saliendo de entre los árboles. Una sombra inmensa que se movía, con forma humana, aunque parecía hecha de humo negro.

Dávila sabía lo que era. Los niños le habían puesto un nombre.

El que no nos desampara ni de noche ni de día.

Correr no serviría de nada. No había escapatoria. Tampoco plegarias. Bajó la mano y dejó que la luz lo cegara por completo.

IV. Guerra filial

El cantinero puso un pie sobre el cuello de Claudio. Justo en la herida que le había abierto Emilio. La presión que ejercía fue creciendo mientras le hablaba:

–Eres un mal invitado. Entras a nuestra reunión, bebes de nuestro vino y nos pagas con esta descortesía...

Los rostros reunidos en círculo lo miraban acusadoramente. Claudio aún esperaba que los mirones se abrieran para dar paso a la ambulancia, a los paramédicos que le inmovilizarían el tobillo. Nunca pensó que la posibilidad de un accidente en la carretera sería una opción deseable, pero ahora la prefería a la pesadilla que tenía delante. Pero no había sirenas, ni hombres vestidos de blanco. Sólo ese puñado de ojos que lo observaban con desprecio.

–Hay algo que no has entendido –continuó el cantinero. Hablaba con vehemencia, su boca era un surtidor de saliva–. Esta guerra es el único lazo que nos queda con nuestros hijos, y tú y tus amigos no deben entrometerse.

Uno de los hombres que formaban el círculo sacó una pistola de su chaqueta y se la extendió al cantinero. Claudio quería hablar, decirles que tenían que quitarse de en medio de la carretera, que podía pasar un camión en cualquier momento y arrollarlos a todos.

–Atacaste a una anciana –dijo el cantinero, amartillando el arma y apuntándole a la cabeza–. Eres un cobarde y no mereces perdón.

Esto es una locura, les dijo Claudio, pero las palabras se atoraron en su garganta oprimida. Vio el cañón de la pistola, la caverna que se abría ante él, la oscuridad que le esperaba al final del túnel.

Pero no hubo disparo. Escuchó el zumbido de un objeto cortando el aire y luego la punta de una flecha asomó por el ojo del cantinero, reventándolo.

–¡Déjenlo en paz!

Los niños se acercaban por la calle, junto con Salvador. El gordo iba al frente, desafiante, y colocaba otra flecha en su arco. El cantinero alzó una mano y acercó el dedo índice a su sien, como si quisiera rascarse la cabeza; después se desplomó en el suelo. El resto de los adultos comenzó a caminar lentamente hacia atrás, replegándose en dirección de la casa. En el porche estaba la señora Smith, parada sobre sus piernas con firmeza. Aún tenía el rostro ensangrentado, pero era evidente que se había recuperado. Sobre su regazo sostenía una canasta con frutas.

Julián se quitó la chamarra, envolvió con ella su antebrazo y rompió el cristal de la vieja *pick-up* de un codazo. Después abrió la puerta, retiró los cristales del asiento y se colocó al volante. Buscó los cables de encendido debajo del tablero, los partió de un tirón y luego los volvió a unir para provocar el corto circuito. El motor se encendió tras dos intentos.

–¿Y estas mañas? –dijo Fernanda, mientras se subía al coche junto con Jonathan.

–Lo hice algunas veces en la universidad –respondió Julián–. Cambiábamos de lugar los autos de los maestros en el estacionamiento para sacarles un buen susto. Lamentablemente, sólo se podía hacer con los modelos antiguos, así que muchos cabrones se salvaron de la broma.

Pisó el acelerador y avanzó suavemente con las luces apagadas. Unos metros adelante, al desembocar en un cruce de calles, detuvo la *pick-up*.

–Vámonos en este momento –dijo, clavando su mirada en Fernanda–. Nosotros, solos...

–¿De qué estás hablando?

–¿Ya se te olvidó lo que pasó en el granero? ¿No te das cuenta de que podemos estar juntos?

–Eres un imbécil –Fernanda desvió la mirada–. No puedo creer que estés hablando en serio. Lo que pasó allá no tiene que ver ni con Claudio ni con Salvador. Sería una bajeza abandonarlos en este lugar.

–Ya se las arreglarán, así como nosotros... No desperdicies esta oportunidad.

Fernanda le cruzó el rostro con una bofetada.

–Eres una mierda... arranca en este momento y vamos por ellos. No pienso dejarlos aquí. Y cuando regresemos, no quiero que vuelvas a buscarme.

La puerta de la *pick-up* se abrió y Jonathan descendió.

–Ya no los necesito –les dijo, sonriendo.

El resto de los niños que había dejado el otro pueblo apareció en la calle. Jonathan corrió hacia ellos y se unió a la procesión, que pasó junto al automóvil sin detenerse.

La primera manzana atravesó el aire silbando y se incrustó en la mejilla del gordo, que soltó el arco y se tambaleó, desconcertado. Los siguientes proyectiles fueron lanzados por la señora Smith con mayor rapidez y violencia. Dieron en el pecho y las piernas del gordo, encajando sus filosas navajas, y luego en sus manos cuando intentó cubrirse el rostro. En cuestión de segundos su cuerpo quedó prendado con frutas, como un árbol de Navidad humano. La última manzana se enterró en su frente y la sangre cegó sus ojos. Chillando igual que un jabalí, el gordo comenzó a correr de un lado para otro, agitando los brazos, como si quisiera apagar un fuego invisible que lo consumía. Después cayó al suelo, inconsciente. Claudio, Salvador y el grupo de niños se replegaron detrás de un automóvil estacionado en la acera de enfrente. La pistola yacía en el suelo, junto al cuerpo del cantinero, pero nadie se atrevía a ir por ella.

–Las manzanas están envenenadas –advirtió la pequeña prostituta.

La señora Smith permanecía en el porche, rodeada por los otros adultos. Alguien le había pasado una nueva canasta repleta de frutas.

–¿No tienen más trucos? –le preguntó Salvador a los niños. Su rostro estaba lívido y sus labios secos. El hombro, entumecido, había dejado de dolerle.

–Claro –dijo el niño con rostro de calavera–. Es Noche de Brujas.

De una mochila sacó varias botellas de refresco rellenas con un líquido transparente y tapadas con pedazos de trapo.

–Déjenme lanzarlas a mí –dijo Claudio, casi con emoción–. Soy el único que tiene la fuerza para hacerlas llegar hasta la casa.

Le pasaron la primera con la mecha encendida. Claudio se irguió y la arrojó con todas sus fuerzas. La botella cayó a un metro de los adultos y explotó levantando una pared de fuego. La siguiente pegó en una columna del porche y encendió las calabazas. Los adultos comenzaron a meterse a la casa, protegiéndose del ataque. Sólo la señora Smith continuaba en su posición, desafiante. Otra bomba dio a los pies del espantapájaros, que ardió como una inmensa fogata. El fuego rodeaba a la señora Smith, sin tocarla.

Cuando las botellas se acabaron, pudieron escuchar su risa elevándose entre las llamas.

La procesión desembocó en la casa de la señora Smith. Avanzaba en silencio, bajo las primeras luces del amanecer. Los niños que se resguardaban detrás del automóvil se unieron al resto y todos comenzaron a rodear la casa formando una cadena de cuerpos. Jonathan se separó, tomó la pistola que yacía junto al cuerpo del cantinero y se aproximó hacia su madre. La señora Smith dejó caer la canasta con frutas y atravesó el fuego. Cuando estuvo frente a su hijo se hincó y abrió los brazos para estrecharlo, pero Jonathan prefirió apuntarle con el arma.

–Hijo, ¿no abrazas a tu madre?

Jonathan la miró con frialdad.

–¿Por qué mataste a papá?

La señora Smith se apartó los cabellos ensangrentados del rostro.

–Porque él iba a apagar la subestación. Y así nunca hubiera podido recuperarte.

–Papá quería matarlo a él.

–¿A quién, corazón? –la señora Smith volvió a extenderle los brazos, suplicante.

–Al que no nos desampara ni de noche ni de día.

–Así es... Y entonces yo no hubiera podido negociar tu regreso.

–En efecto, permitiste mi regreso.

La voz de Jonathan había cambiado. Ahora era grave y profunda, como si viniera del fondo de un pozo. Y sus ojos se habían transformado en los de un animal nocturno.

–Te creíste más poderosa que yo, pero sólo eres una bruja. Yo soy un Dios.

–¿Jonathan? –la señora Smith bajó los brazos.

–Nunca debieron haber venido aquí.

Jonathan jaló del gatillo. Su rostro se manchó con la sangre y las vísceras de su madre.

El resto de los niños dejó caer una lluvia de nuevas botellas a través de las ventanas, extendiendo el fuego al interior de la casa. Los adultos salieron corriendo, envueltos en llamas, y los niños los recibieron hundiéndoles pequeños cuchillos en el estómago. La masacre se completó mientras el sol manchaba de rojo el horizonte.

El fuego guió a Julián. Detuvo la *pick-up* a unos metros de la casa en llamas y descendió, dejándola en marcha. Fernanda se le unió. Avanzaron entre los cuerpos calcinados en el suelo, y encontraron a Claudio y a Salvador, que se resguardaban tras el auto estacionado. Los ayudaron a incorporarse. Salvador estaba muy débil y apenas podía sostenerse en pie.

–¿Y los niños? –preguntó Julián, mientras caminaban de regreso a la *pick-up*.

–Ya se fueron –respondió Claudio–. Ahora larguémonos.

–Antes de marcharnos –dijo Julián–, tenemos que aclarar un asunto.

–No es momento –se apuró a decir Fernanda.

–¿Y cuándo va a ser momento?

–No seas imbécil.

–¿De qué hablan? –Claudio se detuvo.

–No tienes valor, ¿verdad? –arremetió Julián–. ¿No te atreves a decirle que nos revolcamos en el granero?

–Hijo de puta.

Claudio se le echó encima, pero el tobillo se le dobló. En su caída arrastró a Julián, sujetándolo de la chamarra. Rodaron por el suelo. Claudio quedó encima y comenzó a darle puñetazos en la cara a Julián.

–¡Siempre has querido quitarme a mi mujer! ¡Eres una mierda!

Julián tomó a Claudio de las muñecas y lo hizo girar hacia un costado. Luego se encaramó sobre él y empezó a estrangularlo.

–¡No la mereces! ¡Acéptalo!

El llanto de Fernanda los detuvo. Estaba en el suelo, junto al cuerpo inerte de Salvador. Claudio y Julián miraron, incrédulos, el rostro de su amigo. Sus ojos abiertos y fijos; la comisura de la boca por la que se escapaba una última gota de sangre.

V. La separación

El sol del mediodía formaba charcos de mercurio en el asfalto de la carretera. Julián iba en la caja de la *pick-up*, sentado junto al cadáver de Salvador. Tenía en sus manos la flecha que lo había matado. A la luz del día parecía un juguete inofensivo. Dentro de la cabina, Fernanda manejaba. A su lado iba Claudio. Estaban callados y pensativos. No se habían dirigido la palabra en largo rato. Julián sabía que la camioneta traía poca gasolina y que no iba a durar mucho tiempo más. Y de una cosa estaba seguro: no quería estar junto a ellos cuando el combustible se les acabara, una vez más, en medio de la nada. Miró a su alrededor: a ambos lados de la carretera se extendían campos cubiertos por maizales secos. Pasaron sobre un pequeño y viejo puente que atravesaba un río, el único signo de civilización en aquellas tierras.

La *pick-up* aminoró la marcha repentinamente. Julián miró al frente y vio que una vaca cruzaba perezosamente por la carretera. Siguiendo un impulso se incorporó y saltó fuera de la camioneta. Rodó unos metros entre polvo y piedras, y luego se quedó tendido en el asfalto caliente, esperando la reacción de sus amigos. Cuando el animal pasó de largo hacia el campo, Fernanda volvió a acelerar. ¿Se habían dado cuenta de su maniobra? No lo sabía. La *pick-up* se alejó con velocidad hasta perderse en el horizonte.

Julián se levantó. Le brotaba sangre de una pequeña herida en la frente. Por lo demás, estaba ileso. Y solo. Únicamente se escuchaba el ruido del río a sus espaldas. Había algo extraño y confortante en todo eso. Cerró los ojos, levantó el rostro y sintió cómo el sol penetraba en cada parte de su cuerpo. Después, con la flecha aún en la mano, se adentró en los maizales con paso firme, aliviado de darle por fin la espalda a la oscuridad.

Epílogo

El sargento Bernal atravesó el sendero del bosque y desembocó en el pequeño pueblo. Le pareció un parque de diversiones en miniatura, y le costó trabajo encajar esa visión con las historias siniestras que había escuchado en torno a él. Llegó hasta ese lugar porque investigaba la desaparición de una comunidad de extranjeros en el pueblo vecino, pero de inmediato comprendió que no tenía nada que reportar: el lugar había sido abandonado hacía tiempo y nadie vivía ahí. Sin embargo, decidió buscar el otro pueblito del que se decían tantas cosas en las regiones cercanas.

Unas figuras instaladas en torno al pozo llamaron su atención. Eran muñecos de paja de tamaño real que semejaban niños jugando. Sólo uno de ellos era mucho más grande y estaba cubierto con un desgastado saco de pana café. Parecía un espantapájaros. El trabajo hecho para reproducir el rostro era sorprendente. ¿Cómo decirlo...? Demasiado humano. Incluso tenía una expresión...

No. Un momento. Bernal se puso los lentes y observó con calma.

Sí.

Ahora no tenía duda.

Era un rostro suplicante.

Epílogo

Detrás de cada cuento, hay una serie de circunstancias que propician su creación. Comparto esta especie de *behind the scenes* con un doble propósito: que el lector tenga una aproximación más íntima al contenido del libro, y que al mismo tiempo pueda echar un vistazo al laboratorio mental, al lugar de donde surgen las ideas.

La vida secreta de los insectos

Mi madre murió en marzo de 1994. Poco tiempo después, fui víctima de una broma –no malintencionada– de unos amigos que me hicieron creer que participaba en una auténtica sesión espiritista, la cual era posible mediante un programa de computadora. Durante el curso de la escenificación, me obsesioné por saber cómo estaba mi madre, y en qué lugar se encontraba, hasta el grado de ponerme casi histérico. Alarmados por el curso que tomaba su jugarreta, mis amigos se las ingeniaron para tranquilizarme. Días más tarde, cuando supe la verdad, me sentí decepcionado. Había resultado alucinante creer, durante algunas horas, que el contacto con el Más Allá era posible. La idea se quedó en mi cabeza y fue la semilla de este cuento, que se complementó con mis indagaciones sobre la entomología forense. Mi proverbial miedo a los insectos hizo el resto.

La señora Ballard es la señora Ballard

Probablemente, el relato más extraño y enigmático que he escrito. Haciendo a un lado las referencias vampíricas –personas menopáusicas obsesionadas con la regla de otras mujeres–, el auténtico trasfondo de esta historia se me escapa. Sólo puedo añadir que, cuando lo trabajé, acababa de leer *El plan Schreber*, la *nouvelle* conjetural de mi admirado Sergio González Rodríguez, y que el cuento está fuertemente influido por ella. El título es, por supuesto, un homenaje a mi escritor favorito: el inglés J. G. Ballard, y a su texto "El señor F. es el señor F.", incluido en *Zona de catástrofe*.

Mientras sigan volando los aviones

He situado muchos cuentos en la Ciudad de México, pero este fue el primero. Refleja, en su esencia, la cuestión más delirante que me parece tiene la urbe: albergar un aeropuerto en sus entrañas. Dato curioso: uno de los protagonistas del relato vive en la colonia Doctores. Nunca imaginé que, más de diez años después, habitaría en esa colonia, el lugar donde redacto este epílogo.

El corazón marino

El editor de una revista literaria me dio una fotografía, y me pidió que hiciera un cuento a partir de ella. El resultado fue mi primer cuento de zombis. Después hice más: "La otra noche de Tlatelolco" y "Ven a mí", incluidos en *Mar Negro.*

Pabellón 27

Este relato proviene de algunas de las charlas que tuve con el doctor Sergio Azcárate Sánchez Santos, hermano de mi madre, y una de las personas más fascinantes que he conocido. Mi tío trató con leprosos; me contó varias anécdotas al respecto, mientras jugábamos ajedrez, en su estudio lleno de libros. Recuerdo en especial uno de esos volúmenes, que parecía venir a cuento con sus historias: *De humani corporis fabrica*, de Vesalio.

Espantapájaros

La imagen del espantapájaros que cuida los plantíos ha llegado a nosotros por medio del cine; es algo común en Estados Unidos, y Hollywood la ha aprovechado sobre todo para el cine de terror. Durante una época de mi vida, en la que viajé de manera frecuente por algunas carreteras de México, me di a la tarea de buscar obsesivamente un espantapájaros en el paisaje, y jamás vi uno: no existen en nuestro país. Este relato es mi venganza.

El dios de la piscina

Después de mi novela *Belleza roja*, lo más *ballardiano* que he escrito es este cuento. Aquí se conjuntaron la influencia del autor inglés, y mi temor a ser padre y a los niños en general. Dato curioso: hoy soy el feliz padre de una niña genial.

El amor no tiene cura

Casi todo lo que ocurre en este cuento sucedió en la vida real. Así que tenía que reírme de mí mismo, de mis manías y locuras. La ironía puede salvar del desamor.

Los niños de paja

Hay ideas que permanecen escondidas, y que regresan en el momento menos esperado. Releyendo el libro *América* de Jean Baudrillard, me topé con un subrayado que había hecho hacía tiempo, olvidado entre sus páginas polvorientas: "Halloween no tiene nada de divertido. Es una fiesta sarcástica que refleja más bien una infernal exigencia de desquite de los niños respecto al mundo adulto". La frase explotó en mi cabeza y me puso a escribir. El cuento también es un homenaje a las cintas *slasher* de los años ochenta, que fueron parte fundamental de mi formación. Muchas de ellas empezaban con un grupo de amigos que viajaban en un auto en la carretera, y que tomaban una desviación equivocada... El reto era partir de un cliché e intentar darle la vuelta.

Índice

La vida secreta de los insectos, *7*
La señora Ballard es la señora Ballard, *15*
Mientras sigan volando los aviones, *23*
El corazón marino, *31*
Pabellón 27, *35*
Espantapájaros, *43*
El dios de la piscina, *47*
El amor no tiene cura, *53*
Los niños de paja, *63*
Epílogo, *127*

La narrativa de **Bernardo Esquinca** (Guadalajara, 1972) se distingue por fusionar lo sobrenatural con lo policiaco. En Almadía ha publicado la Trilogía del Terror, conformada por los volúmenes de cuentos *Los niños de paja*, *Demonia* y *Mar Negro*; la Saga Casasola, integrada por las novelas *La octava plaga*, *Toda la sangre*, *Carne de ataúd* e *Inframundo*; y la antología *Ciudad fantasma. Relato fantástico de la Ciudad de México (XIX-XXI)*. *Las increíbles aventuras del asombroso Edgar Allan Poe* recibió el Premio Nacional de Novela Negra en 2017.

de Bernardo Esquinca
se terminó de
imprimir
y encuadernar
en agosto de 2019,
en los talleres
de Litográfica Ingramex S.A. de C.V.,
Centeno 162-1,
Colonia Granjas Esmeralda,
Alcaldía Iztapalapa,
Ciudad de México.

Para su composición tipográfica se emplearon las familias Bell MT de 11:14 y
Steelfish de 37:37 y 30:30. El diseño es de Alejandro Magallanes.
El cuidado de la edición estuvo a cargo de Dulce Aguirre.
La impresión de los interiores se realizó sobre papel Cultural de 75 gramos.